살아있는 동안에 한 번은 꼭 해야 할 것들

살아있는 동안에 한 번은 꼭 해야 할 것들

지은이 · 박창수

펴낸이 · 오광수 외 1인 | **펴낸곳** · **새론북스**

편집 · 김창숙, 박희진 | **마케팅** · 김진용

주소 · 서울시 용산구 백범로 90길 74, 대우이안 오피스텔 103동 1005호

TEL · (02) 3275-1339 | **FAX** · (02) 3275-1340 | **출판등록** · 제 2016-000037호

jinsungok@empal.com

초판 1쇄 인쇄일 · 2017년 12월 22일 | **초판 2쇄 발행일** · 2018년 1월 31일

ⓒ 새론북스
ISBN 978—89—93536—52—2 (03810)

1

살아있는 동안에
한 번은 꼭 해야 할 것들

박창수 지음

BUCKET LIST

새론북스

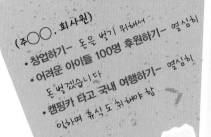

(주○○, 회사원)
- 창업하기- 돈을 벌기 위해서
- 어려운 아이들 100명 후원하기- 열심히 돈 벌겠습니다
- 캠핑카 타고 국내 여행하기- 열심히 일하며 휴식도 취해야 함

(박○○, 간호사)
- 부모님과 함께 해외여행 가기- 패키지가 아닌 자유 여행하며 부모님과 여유로운 시간을 보내고 추억을 만들고 싶어서
- 50세부터 남편과 함께 세계여행하기- 아등바등 살았던 시절을 생각하며 남편과 함께 여유로운 시간을 보내고 싶어서
- 명품 신발 사서 신어 보기- 가방은 들고 다녀도 닳지 않지만 신발은 신고 다니면 닳아서 아까워서 못 사는데 한번쯤은 나도 부자가 된 것 같은 느낌을 갖고 싶어서

(김○○, 피아니스트)
- 해외선교활동을 위한 어린이 합창단 만들기
- 이태리에서 1년 간 살아보기
- 40세가 되기 전 10개국, 50세가 되기 전 30개국 해외여행하기

(정○○, 보육교사)
- 40이 되기 전에 독서 100권 하기- 앞으로 4년 남았다. 열심히 읽고 있는 중이다.
- 기차 타고 전국일주하기- 안 가본 곳이 너무 많다.
- 외국어 한 가지는 마스터하기

(조○○, 자영업)
- 제주도에서 1년 정도 살아보기
- 한 달에 한 번 가족과 국내여행하기
- 1년에 한 번 해외여행하기

(김○○, 영어교사)
- 가족과 함께 크루즈 여행하기
- 수영장과 정원이 있는 전원주택 구입하기
- 교수가 되어 대학 강단에 서기

(이○○, 회사원)
- 스킨스쿠버와 스카이다이빙 자격증 따기
- 크루즈 타고 세계여행하기
- 기차 타고 전국일주하기

(한○○, 학생)
- 우주여행 - 기회가 꼭 올 거라고 믿는다.
- 1년 동안 잠자기 - 이과학업을 병행하는 게 정말 힘들다.
- 세계 평화를 위해 무엇이든 하기 - 전쟁과 테러가 그치질 않고 있다. 평화로운 세상 만들기에 동참하고 싶다.

(김○○, 비정규직)
- **안정된 직장 찾기** - 지금은 비정규직으로 일하고 있다.
- **긍정적으로 사회생활에 적응하기** - 가끔은 내가 처한 사회의 현실에 부정적인 측면도 강하다. 다만 피할 수 없다면 즐겨야 하니까 잘 적응해 보려고 노력중이다.
- **결혼하기** - 부모님은 결혼하라고 등 떠밀지만 결혼은 내가 사랑하는 사람과 해야하니까 아직도 찾고 있는 중이다.

(이○○, 치위생사)
- 유학을 갈 것이다. 아직 국가는 정하지 못했다.
- 가족들과 함께 해외여행을 하고 싶다
- 악기 한 가지는 연주하고 싶다.

(김○○, 회사원)
- 로또 1등 당첨되기 – 당첨되면 속세를 떠나 전원 속에서 살고 싶다.
- 다이어트를 하여 날씬해지고 싶다.
- 무인도나 산속 같은 아무도 없는 곳에서 일주일만 살아보고 싶다.

(안○○, 회사원)
- 그림을 배운 후 도자기 만들기 취미생활 하기
- 원어민과 기본 생활회화가 가능할 수 있을 정도의 영어능력 키우기
- 체지방량 낮추고 근육량 키워서 몸 만들기

(박○○, 대학원생)
- 부모님과 유럽여행하기
- 살 5kg 빼기
- 남북평화통일

(강○○, 중소기업 대표)
- 외국에서 1년 살아보기 – 여행을 하는 것 말고 그곳에서 살아보고 겪어 보고 경험하고 싶다.
- 스카이다이빙 – 고소공포증을 극복할 수 있을 것 같다.
- 우유니사막에 가보기 – 어렸을 때부터 꼭 한번 가보고 싶었던 곳

(전○○, 회사원)
- 카메라 구입해서 해외여행- 자유롭게 계획 없이 혼자 돌아다니고 싶다.
- 돈 모으기 1억- 한 번 모아보고 싶다.
- 결혼하기- 과연 할 수 있을까?

(김○○, 보육교사)
- 패러글라이딩 타고 하늘을 날고 싶다.
- 제과제빵 배우기- 결혼 후 가족들에게 맛있는 빵을 구워 주고 싶다.
- 세계 100개국 여행하기

(홍○○, 회사원)
- 책 쓰기- 그냥 내보고 싶어서
- 제주도 살기- 이효리 효과
- 다이어트- 매번 실패하지만 그래도 재도전

(박○○, 유학생)
- 박사학위 받은 후 국제변호사 자격증 취득
- 대학교수가 되겠다.
- 세계여행- 100개국은 다닐 작정이다. 캐나다는 반드시 부모님을 모시고 가겠다.

(정○○, 기자)
- 4계절이 여름인 나라에서 일 년 살아보기- 친구들 사이에서 '여름여자'로 불릴 만큼 여름을 유난히 좋아한다. 종일 수영하고 태닝하고 낮잠 자면서 빈둥대고 싶다.
- 그림동화책 만들기- 직접 스토리도 쓰고 그림도 그려서 책을 만들고 싶다는 생각을 자주 한다. 순전히 소장용으로요. 내 아이, 혹은 손자손녀에게 선물하면 정말 멋질 듯!
- 기타 연주실력 능숙하게 업그레이드시키기- 기타 배우겠다고 악기 사놓고는 10년째 방치 중. 몇 년 전 어설픈 솜씨로 남편(당시 남자친구) 생일에 연주해 줬는데 연습때보다 엉망진창이라 당황했던 기억이 있다.

사람들! 버킷리스트를 말하다 40대

(박○○, 과외교사)
- 책 쓰기- 세상은 부, 명예, 지식 등
가진 것에 초점을 맞춘다.
그러나 그 소유가 행복과 자유와
직접적인 관계는 없다.
여심은 행복하지만 많이다.
나는 책을 쓰면서
나만의 행복을 즐길 것이다

(이○○, 기자)
- 책 출간- 내 이름 건 책 한권은
내봐야하지 않을까?
- 외국어 하나는 능통하게- 굳이 영어가 아니더라도
외국어 하나 정도는 능통하자.
- 사랑하는 이와 세계여행을- 여행지 순위는 유럽,
캐나다, 동남아로 세계 곳곳을 다니며 여행하고
그 경험을 글로 남기고 싶다.

(이○○, 회사원)
- 글로벌 게임대회에 나가고 싶다.
- 성형을 시켜서라도 애인을
더 미인으로 만들어주고 싶다.

(김○○, 무직)
- 유럽여행- 최소 일주일에서 열흘 이상이라
체력을 요구하므로 10년 안에 가고 싶다.
- 한국어능력 시험 보기- 몇 년 전부터 생각하던
건데 의지가 약해서 잘 안 되고 있다.
5년 안에 내 실력을 테스트 해보고 싶다.
- 내 이름으로 책 출판하기- 나도 언젠가는
죽을 것이다. 먼지처럼 사라져 버리면 인생이
너무 허무할 것 같아 베스트셀러까지는
아니라도 사람들이 관심 갖고 있을 만한 책을
내고 싶다.

(윤○○, 학습매니저)
- 세계여행하기
- 산에서 캠핑하기
- 우리 식구가 살 집 직접 짓기

(김○○, 사진작가)
- 지금과는 전혀 다른 직업 가져보기-
  자동차 정비기사나 선반공.
  고장난 기계를 수리하는 것을 좋아한다.
  혼자서 말없이 하는 일이 좋다.
- 인상깊게 읽었던 책들 다시 보기-
  반복의 지루함에 미리 지칠 수 있지만
  오랜 시간을 두고 문장하나하나,
  단어 한 자한 자 곱씹으며 보고 싶다.
- 집안에 있는 모든(많은) 물건 정리하기-
  지금 내 앞의 컴퓨터, 키보드, 벽에 붙은
  메모와 사진들, 그 아래 널브러져 있는
  책들, 그리고 창문의 오래된 커튼.
  이 때문에 또는 추억을 핑계로
  시간에 기대어 그대로 쌓아두고 있다.

(장○○, 웹진대표)
- 1년 동안 보육원 전업 자원봉사하기-
  부모 없는 아이들에게 그 아비, 어미의 심정
  으로 따뜻한 정을 전달할 수 있는 기회가 있
  다면, 신이 마지막으로 나에게 주는 선물인
  것이다.
- 사파리 여행하기- 평생 사람들의 사회에서,
  사람들과의 관계에서 지친 나의 영혼에게
  색다른 세계의 생존방식을 보여주고 싶다.
- 어릴 적 고향친구 10명과 해후하기-
  지금도 보고 싶은 고향친구들이 있다.
  그 친구들은 나의 유년 시절을 구성하는
  기억의 시작이자 끝이다.
  친구들이 곧 나의 역사인 셈이다.

(이○○, 회사원)
- 비행기에서 뛰어내리기(낙하산)
- 제주도 둘레길 완주하기
- 터프가이처럼 남장하고 노래 부르기(락)

(권○○, 출판사 대표)
- 열흘 동안 오스트리아에서 매일 연주회와 미술관 관람하기
- 200석 규모 공연장 지어 예술가에게 무료 대관하기
- 정원이 있는 집에서 꽃밭 가꾸기

(채○○, 회사원)
- 내 이름으로 책 내기
- 작가가 되어 강연하러 다니기 (초청으로 전국을 뛰어 넘어 세계로)
- 부모님과 1년 간 함께 지내기

(김○○, 셰프)
- 부모님과 여행하기 - 부모님과 여행을 해본 적이 없어서
- 부모님과 한 달 간 같이 살아 보기 - 스무 살 이후 부모님과 떨어져 살아서
- 한 달에 한 번씩 여행 다니기 - 현실에 얽매여서 살다 보니 여행을 못했네

(안○○, 편집인)
- **오로라 보기** – 자연의 경이로움 느끼기 위해서
- **외국에서 살아보기** – 단 몇 개월만이라도 외국땅에서의 삶을 체험하고 싶다.
- **별 관측하기** – 전원주택에서 살면서 수시로

(조○○, 회사원)
- **인수동 빌라길 선등으로 등반하기** – 매주마다 산에 오르지만 이렇게는 해 본 적이 없어서
- **승용차로 전국일주하기** – 아직도 안 가본 우리 국토가 많아서
- **뉴질랜드와 아일랜드에서 각각 한 달씩 살아보기** – 짧게라도 해외에서 살아보고 싶다.

(정○○, 회사원)
- **스포티하면서 중후함도 갖춘 캠리 정도의 세단 사기** – 30대부터 타던, 20만km가 넘은 소형차는 안녕
- **전망 좋은 나만의 아지트 마련하기** – 계곡이 내려다보이는 평창이나 제천 또는 바다가 훤히 보이고 부근 갯바위에서 낚싯대를 던질 수 있는 해안에
- **냉장고 채우기** – 맥주와 소주를 항상 시원하게 해두고, 필요한 안주와 아이스크림 등을 날마다 유지하는 나만의 냉장고가 필요해

(박○○, 구성작가)
- **서울 변두리 혹은 서울 근교에 마당있는 이층주택 집짓고 살기**
- **세계 일주 시 터키, 스페인, 일본 친구 만나기** – 2001~2002년 영국에서 1년 10개월 정도 살 때 같이 영어학교 다니던 친구들을 찾아서
- **스페인 안달루시아, 영국 런던, 체코 프라하에서 55세가 되기 전 6개월씩 살아보기** – 내 인생에서 아주 의미있는 곳들이다. 안달루시아는 나의 이상향, 런던은 30대 방황의 시기를 함께한 곳, 프라하는 20대 추억이자 대학시절의 의미가 담긴 곳

(변○○, 자영업)

- 세계일주하기— 지구에 태어났으니 지구 하나는 제대로 보고 가야지
- 불우이웃 돕기— 한 번도 봉사라운 봉사를 해보지 않은 것 같아서
- 산속에 혼자서 한 달 간 지내보기— 나 자신을 철저히 되돌아보기 위해서

(문○○, 직장인)

- 저녁이면 연기가 모락모락 피어오르는 아궁이와 굴뚝이 있는 집에서 살기— 직접 소박한 전원 주택을 짓겠다.
- 동양화 그리기— 시골에 살면서 쉬미로 즐기기
- 사랑하는 연인이 영원히 곁에 있도록 마음 묶어 놓기— 그간 이런 여인을 만나본 적이 없으니 평생 사랑해야지

(김○○, 회사원)

- 통일된 조국땅을 밟으며 판문점을 거쳐 백두산까지 걸어가는 것
- 영혼이 있다면 그 존재를 직접 겪어보는 것
- 죽기로 사랑하는 사람과 공개적으로 결혼식을 하는 것

(박○○, 자영업)

- 북아메리카 PCT(Pacific Crest Trail) 4,500km 종주하기
- 유럽 23개국에서 딱 1달씩 살아보기
- 제3세계 저개발국가에 초등학교 10개 세우기

(김○○, 회사원)
- 요즘 백세시대라는데 반평생 넘게 살았는데 운전도 못 하고 꼭 운전면허 따서 차 한 대 구입해서 우리나라 구석구석 직접 운전해서 함 돌아다녀 보고 싶네.

(최○○, 자영업)
- 유년시절 꿈을 향해 다시 한 번 도전해 보고 싶은 것
- 정말 사랑하는 사람이 있다면 그 사람과 열정적으로 사랑을 해보고 싶은 것
- 죽음이 눈앞에 왔을 때 후회없는 삶을 살았다고 미소짓는 것

(김○○, 기업 임원)
- 유럽여행- 나폴리 피자, 보르도 와인, 스코틀랜드 위스키 생산현장을 보고 싶어서
- 한국판 심야식당- 사람들의 애환을 들어주는 삶이 좋아서
- 에어앤비 지역등 민박- 전 세계 사람들에게 가장 한국적인 민박체험을 해 주고 싶어서

(이○○, 프로듀서)
- 첼로 배우기- 크리스마스 가족 파티 때 연주하려고
- 명상 배우기- 멘탈 건강을 위해서. 자기 집중이 강해진다.
- 뉴욕거리 걷기- 다시 가고 싶은 도시로, 갤러리를 돌아다니며 미술작품도 보고 뮤지컬도 관람하고 싶다.

(김○○, 자영업)
- 숀 애쉬모어를 만나서 키스하는 거- 가장 좋아했던 영화배우다.
- 24살로 돌아가는 거- 그때는 무엇이든 될 수 있고 할 수 있다는 자신감이 있었다.
- 핑크플로이드의 80년도 라이브를 보는 거- 실험적인 사운드와 철학적인 가사를 정말 좋아했다.

(김○○, 회사원)
- 그리스 산토리니섬 여행하며 사랑나누기-
  애인과 단 둘이서만 가서 멋진 사랑을 나누기
- 어머님과 라스베이거스에 가기- 어머님 모시고
  라스베이거스에 가서 구경도 하고 게임 한번
  즐기고 오고 싶다.
- 10년 후부터는 일 안하고
  휴식과 여행 즐기기

(안○○, 보육교사)
- 1년에 한 번씩 남편이랑 해외여행가기-
  각자의 생활이 바빠서 함께 못했는데
  남편 퇴직하면 시간이 많을 것 같아서……
- 70세 생일날 수필형식의 살아 온 이야기를 사진들
  을 넣어서 책으로 만들어 선물하기- 어린 시절의
  이야기부터 어른이 되면서 성장한 이야기까지를
  그때는 말할 수 있지 않을까
- 한 달에 공연비 관람료로 20만 원 사용하기-
  내가 힐링받는 가장 큰 즐거움이니까.

(김○○, 출판기획자)
- 유럽 챔피언스리그(UEFA)와 엘클라시코
  관람- 축구도 좋아하지만, 평소 무엇을
  하든 심드렁한 편이어서 그 열광적인
  분위기를 경험해 보고 싶어서
- 1년 동안 멍 때리며 살기-
  게으르게 살고 싶다.
- 잘츠부르크음악제 혼자 가기-
  다른 이에게 방해 받지 않고
  음악에 몰입하고 싶어서

(김○○, 가사)
- 벚나무 단풍은 소녀처럼 정말 곱다. 마지막 한 잎
  매달린 시 같은 사람 만나고 싶다-
  결혼 후 단 한 번도 가족이나 남편과 여행 한번 가
  본 적이 없다. 땡기는 사람 만나 억압이 아닌 고운
  단풍처럼 물 들어보고 싶다.
- 한자 2급 지도사 자격증 취득-
  어릴 적 꿈이 국어선생님이 되고 싶었다.
  국어선생님은 아니어도 초등 아이들 방과 후 한자
  수업을 가르치고 싶다.
- 한 달에 한번 자신을 위해 1일 여행하기-
  그동안 열심히 산 자신에게 자유를 주고
  스스로를 위로해 주고 싶다. 오십 중반을 넘어보
  니 주치의는 바로 나 자신이란걸 깨닫는다.

(김○○, 중소기업 대표)
- 중국 문화에 도전하기- 현재 진행 중.
  한자, 중국여행, 음식 등을 통해
  대륙을 알고 싶다.
- 자동차정비사 도전하기- 최고급 캠핑카를
  타고 극동러시아에서 스페인까지
  여행가기 위한 수단
- 패러글라이딩 자격 취득하기-
  본래 비행기 조종사 도전하려 했는데
  많은 시간이 필요해서 포기 차선책으로

(박○○, 예술인)
- 60대에 미치도록 사랑하는 사람과 3년만 계약
  결혼으로 살아보기- 젊은 날 첫 사랑과의 잦별이
  너무 짧았기에
- 60대 이후에는 매년 한 달씩 해외에서 여행하며
  보내기- 만남, 그리움, 아쉬움, 새로움을 느끼
  면서 살고 싶다.
- 60세 이후에는 농촌에서 자급자족하며 살아가기-
  자연만이 다시 편안하게해줄 수 있는 곳

(김○○, 직장인)
- 91세 된 노모를 잘 끝까지 잘 모시다 보내드리는 것-
  요즘 노인문제가 사회적으로 문제가 되고 있어서 내
  부모만 잘 모셔도 애국하는 일인 것 같아서
- 퇴직 후 바다가 내려다보이는 장소에 그동안의 노하우
  를 살려 운영할 수 있는 예쁜 카페를 오픈하여 여생을
  평온하게 즐기기- 몸이 움직일 수 있을 때까지는 누
  구나 적당한 일이 있어야 된다는 것이 나의 지론
- 퇴직 후 3개월 정도 유럽, 미주, 남미 파타고니아까지
  여행하기- 이것으로 장거리 여행은 종료할 계획

사람들! 버킷리스트를 말하다 60대

(김○○, 중소기업 대표)
- 무인도에 가서 혼자 며칠간 살아보기 - 강한 체험을 통해 이웃에 대한 감사함을 느끼기
- 42.195km 마라톤 풀코스 완주하기
- 밴드를 결성하여 무료 공연으로 봉사하기

(김○○, 무직)
- 남편이 대한민국전승공예대전 대통령상 수상하는 것 - 남편의 예술작업을 서포팅하고 있는 입장이어서
- 남편 무형문화재 지정 - 노년에 조금은 안정된 삶을 살고 싶다.
- 여행과 수필집 출판 - 휴식을 통해 좋은 글로 내 삶의 흔적을 남기고 싶다.

(성○○, 자원봉사자)
- 미대생들을 위해 실기 수업시간 누드모델이 되어 주고 싶다 - 아직은 내 몸매가 예쁘다.
- 지금 여덟 살인 손자가 성인이 되어 결혼할 여성을 데리고 오면 손자며느리감과 단 둘이서 멋진 식사를 하고 싶다.
- 자서전을 쓰고 싶다 - 나에겐 정말 아름답고 소중한 인생이었으니까

(나○○, 무직)
- 영어를 편안하게 할 수 있을 정도로 하기
- 남편과 세계박물관 견학하기
- 남편 은퇴 후 살아보고픈 나라에서 현지인처럼 두루 살아보기

(이○○, 무직)
- 후원과 봉사— 외로운 어르신들의 말벗이 되고 싶다.
- 찬양테이프나 CD 나누기— 좋은 곡을 선정해서 힘들고 외로울 때 기쁨과 힘을 주고 싶어서
- 3백 평 규모 전원주택 세컨하우스 짓기— 텃밭에 야채 가꾸고 울타리는 과실수 심어 무공해야채와 과일을 주변사람들과 나누고 싶다.

(엄○○, 자영업)
- 수영 제대로 배우기— 아내와 함께 수영을 시작했다.
- 차 끌고 나이아가라 폭포 가보기
- 아내 환갑선물로 천만 원 모으기

(이○○, 중견기업 대표)
- 야외형 외식 문화 공간— 멋진 추억으로 남길 만한 레스 토랑과 평생 아름답게 기억될 결혼식 등의 야외공간을 만들어 제공하는 일. 프라하의 400년 된 카페처럼
- 내 사업체가 올바른 가치를 실현하는 일— 직원의 복지 및 사회기여에 많음 있음 할 수 있는 기업을 이루고 한카테고리 내 월등한 1등 기업이 되는 일.
- 아름다운 나의 전원주택— 4계절 꽃이 피고 상상한 모든 정원을 만들어 가는 일. 내 인생의 흔적을 고스란히 담아내고 지나온 삶과 앞으로의 삶을 되새길 수 있는 공간 만들기

(이○○, 아파트 관리 소장)

- 아내, 아들, 딸 모두 함께 해외여행을 떠나고 싶다.
- 이웃들에게 재능기부를 하고 싶다. 특히 장애인들을 위한 기부에 관심이 많다.
- 나의 직업적 경험을 후배들에게 잘 전수해 주고 싶다.

(서○○, 중견기업 임원)

- 소주 한 병 마시고도 멀쩡해지기— 아직도 세 잔밖에 못 마신다.
- 손자들과 대중목욕탕 가기— 앞으로 태어날 손자들과 함께. 젊은시절 아들과 같이 갈 시간이 없었다.
- 로또 1등 당첨되기— 나는 노후 준비가 돼 있다. 로또 당첨금은 이웃들에게 다 나눠주겠다.

(이○○, 헤드헌터)

- 유럽 배낭여행— 유럽의 문화와 예술, 인간들의 삶을 천천히 보고 싶어서
- 작은 농장 가꾸기— 작은 농장에서 생명이 나서 자라는 것을 보며 또 키우고 싶다.
- 글쓰기— 모든 사람들에게 감동을 줄 수 있는 글을 써보고 싶다. 내가 세상에 왔다 가는 하나의 기념으로 남기고 싶다.

(이○○, 직장인)

- 2022년부터는 복지재단 세 곳 이상에 수입의 2%씩 후원하기— 현재는 월드비전에만 후원하고 있다.
- 2024년에는 출간— 글쓰기 도전 10년이 되는 해이므로 써놓은 글 정리해서 새 책을 간할 계획
- 2025년부터는 전원생활— 텃밭 가꾸고 글 쓰면서 하나님이 부를 때까지 자연 속에서 생활

(여○○, 마스터테일러)
- 세계여행하기
- 개인 별장 갖기
- 회사를 키워 사옥을
크게 짓는 것

(박○○, 자영업)
- 남편과 세계일주- 여러 곳을 다니긴 했지만
아직도 못 가본 곳이 너무 많다.
- 봉사활동- 사회를 위해 뭔가는 해야 진정한
어른이니까
- 악기 한 가지 꼭 배우기- 노래는 잘 못해도
악기는 연주하고 싶다.

(이○○, 자영업)
- 세계일주여행- 먹고 사는 일이 바빠서 여행을
가보지 못해 억울하다.
- 여행기나 살면서 끄적거려 놓았던 글들 다듬어서
에세이집 한 권 출판- 감성이 풍부했던 나는
시나 에세이 쓰기를 좋아했으니까
- 빌딩임대업 하면서 부산 2명, 전남 2명 학생을
선발해서 기숙사를 무료로 제공하고 싶다-
전남 축산도에서 태어 났고 부산에서 30년 살았으니
두 고향에 조금 이나마 기여하고 싶어서

사람들! 버킷리스트를 말하다 70대

(류○○, 무직)
- 서른여덟 살 된 딸 시집 내기
- 애인 같은 여자 친구 만들기
- 한 달 동안 크루즈 여행하기

(이○○, 무직)
- 북녘 땅을 밟아야 한다 – 강원도 철원 비무장지대에서 태어났기 때문에
- 나만의 수필집 출간 – 힘들고 어려운 시절을 살아왔지만 세상은 아름답다고 말하고 싶어서
- 방통대 국문과 입학해서 졸업하는 것 – 가난으로 인하여 학교를 제대로 못 다님. 수필을 쓰려면 꼭 필요할 것 같기도 해서

(최○○, 가사)
- 우크렐레 배우기 – 악기 연주로 봉사활동을 하고 싶다.
- 수영과 헬스를 꾸준히 할 것이다 – 건강해야 하니까
- 1년에 한 번씩 여행하기 – 국내외 어디든 장소를 정해 매년마다 떠나고 싶다.

(김○○, 시인)
- 더 늦기 전에 파리에서 얼마동안 꼭 머물고 싶다 – 억눌렀던 자유로움을 만끽하며 수많은 예술가들이 머물렀던 그 곳에서 젊은 날 이루지 못한 꿈을 회상하고 싶다.
- 문학에 대한 관심은 늘 붙들고 괜찮은 시집 만들기
- 마지막 사랑도 솔직히 – 사랑의 마음은 나이가 먹어도 늘 열어놓고 싶다. 열정과 감성은 많았어도 젊은 날 너무도 많은 기회를 놓쳐버려서 늘 가슴앓이다.

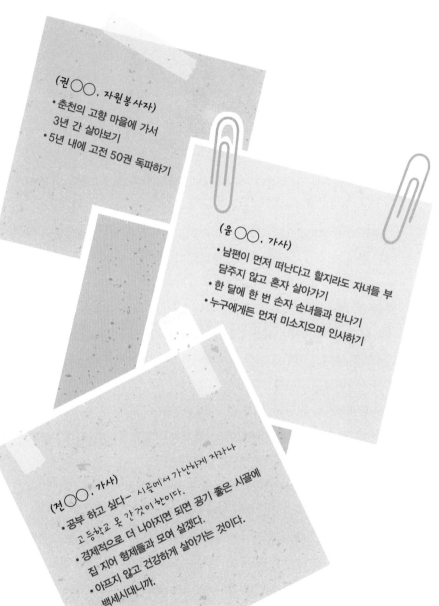

(권○○, 자원봉사자)
- 춘천의 고향 마을에 가서
  3년 간 살아보기
- 5년 내에 고전 50권 독파하기

(윤○○, 가사)
- 남편이 먼저 떠난다고 할지라도 자녀들 부
  담주지 않고 혼자 살아가기
- 한 달에 한 번 손자 손녀들과 만나기
- 누구에게든 먼저 미소지으며 인사하기

(전○○, 가사)
- 공부 하고 싶다— 시골에서 가난하게 자라나
  고등학교 못 간 것이 한이다.
- 경제적으로 더 나아지면 되면 공기 좋은 시골에
  집 지어 형제들과 모여 살겠다.
- 아프지 않고 건강하게 살아가는 것이다.
- 백세시대니까.

'나답게', '어른답게'
시니어의 길을 걷는다면

언제부터인지는 모르겠다. 버스를 타면 뒤로 가지 않고 앞부분의 좌석에 아주 자연스럽게 앉게 되었고 그게 편했다. 술을 마신 후 대중교통을 이용할 때면 냄새를 감추려고 주머니 속을 뒤져서 껌이나 알사탕을 찾아내곤 한다. 예측하지 못한 일이 발생해도 덤덤하게 받아들인다. 모험보다는 신중함으로 다가서려 하고, 열정은 있으나 분출하기보다는 내면의 온도를 유지하는 것에 익숙해져간다. 나이가 들어간다는 것이 아닐까. 나의 경우는 그렇다. 그건 무게를 잡는 것도 아니고 나약해지는 것도 아니다. 목소리를 줄이고 서두르지 않으며 나만이 아니라 상대에게도 편한 분위기를 만들어주는 것이라고나 할까?

오래된 후배들을 만난다. 몇 년 전부터 그들이 말했다.

"선배 얼굴에서 그게 사라졌어요. 독기라고 할까요. 지나치게 넘치는 듯했던 에너지 뭐 그런 거요. 근데 참 편해요."

사십대 시절 오십대 선배들과 육십대 어르신들을 대할 때 느꼈던 그 편안함과 배려가 나에게도 생긴 걸까?

소설을 통해 '너희도 언젠가는 노인이 될 것이다'라는 인상 깊은 멘트를 전한 어느 작가의 메시지처럼 우리는 누구나 오십대가 되고 칠십대가 되고 또 팔십, 구십의 노인이 된다. 아이가 청년이 되고 청년은 중년이 된다. 그 중년도 다시 한 세대 지나고 나면 검었던 머리 위로 서릿발이 내려앉는다. 나이를 먹는 것은 계급장을 다는 것은 아니지만 그렇다고 천덕꾸러기가 되어야 하는 것도 아니다. 슬퍼할 일도 기뻐할 일도 아니다. 나이를 먹고 늙어가는 것은 그 누구도 거부할 수 없는 자연의 섭리인 것이다.

우리는 살아 있는 동안 '나'란 자존감을 유지하고 당당하게 자신의 길을 걸어가면서 한 사람으로서 존중받아야 한다. 존경받을 수 있는 '나'로 남는다면 더할 나위 없이 좋을 일이다. 시간은 모든 이들에게 공평하게 주어진 삶이지만 그 시간을 어떻게 디자인하고 그 흔적을 어떻게 남길 것인지는 각자의 몫에 달려 있다.

이 책을 통해 나는 독자들이 시니어의 시간을 보다 소중하고 가치있게, 그리고 건강하고 즐겁게 보낼 수 있길 소망한다. 더 나아가 다음 세대들에게 존경받는 어른으로 남길 바라는 마음이 간절하다. 다만 시니어의 길도 준비와 노력 그리고 열정이 반드시 필요하기에 목소리는 낮추고 욕심은 버리되 '나답게', '내 모습으로' 살아가는 그 길을 걸었으면……

박창수

Live······ 길은 펼쳐져 있다

Who······ 나는, 나다.

버킷리스트(Bucket List)가 없이 산다는 것은
망망대해에서 표류 중인 배의 선장과 다를 바가 없다.

– 박창수 –

Time
· · · · · ·
지금
무엇이
가장
중요하지?

아직도 젊다고 생각했건만
세월이 참 빠르게 흘러갔다
내 인생 뒤돌아볼 여유도 없이
어느새 40대 중턱을 넘어서고
아이들이 크니 50대의 시니어가 돼 있다
10년 후면 70이 될 거란다
그렇다고 소리치지 말자
"내 인생 누가 보상해 주냐고."
그 누구도 내 삶에 답을 주진 않는다
어떻게 할까?

왜 사느냐고
누가 묻거든

"왜 삽니까?"

세상에서 가장 답변하기 어려운 순간이 있다면 바로 누군가로부터 이 질문을 받았을 때가 아닐까.

우리나라 대중가요의 명곡 중 하나인 '밤안개'를 부른 원로 여가수 현미의 노래 중에 '왜 사느냐고 묻거든'이라는 제목의 노래가 있다. '왜 사느냐고 묻거든 못 다한 사랑 때문이라고……, 나는 행복해 참사랑을 아니까…….'라는 진지한 가사가 인상적이다. 순수한 사랑의 간절함과 열정이 굵고 낮은 그녀 특유의 목소리에서 배어 나온다.

애창곡이 된 이 노래를 부를 때와 '왜 사느냐?'는 질문을 받았을 때의 느낌이나 임하는 방식은 다르다. 노래는 이미 정해진 리듬에 맞춰 혼자서 읊조리면 된다. 무대 위에 서서 감정을 담아 호소력있게 불러야 하는 직업가수가 아닌 이상 그저 마음 편안하게 소리내어 부르면 그뿐이다. 반대로 질문에 대한 답변은 그야말로 부담감과 난감함이 동시에 쓰나미처럼 몰려온다.

5년 전의 일이다. 인생 2막을 잘 펼쳐가고 있는 시니어 10인을 만나 던진 공통된 질문 중 하나가 '왜 사느냐고 묻는다면'이었다. 누구 한 사람도 기다렸다는 듯 거침없이 답변을 한 사람이 없었다. 그들은 당황스러움을 감추지 못했다. 뭐라고 말하기 어려우니까 순간 미소를 지으면서 다음에 알려주겠다는 식이었다. 인터뷰 후 이메일이나 전화로 답을 전해왔다. 책이 나오고서야 나는 아주 무례한 질문을 했다는 후회와 미안함을 동시에 가져야 했다. 그 누구일지라도 즉답을 내놓기에는 아주 어려운 질문을 마치 '1 더하기 2는 뭡니까?'라는 식으로 밀어붙였으니 말이다. 만일 지금 출판사나 잡지사로부터 유명인이든 거리에서 만난 사람이든 열 명에게 같은 질문을 하여 답을 받아 원고를 써달라는 주문을 받는다면 주저없이 자신 없다는 입장을 분명하게 전할 것이다. 누가 내게 같은 질문을 한다면 곤혹스럽기는 마찬가지일 테니까. 아니 화가 날지도 모른다. 그 어려운 대답을 어떻게 자판기에서 커피 빼내듯이 대응할 수 있겠는가.

'왜 사느냐?'를 풀어 말하면 '당신에게 인생은 무엇인가?', '당신은 무엇을 추구하고 사는가?'라는 질문이기도 하다. 이 세상 누구 한 사람도 이 질문에 대한 답을 갖고 태어나지는 않는다. 살아가면서 '나는 누구이고 어떻게 살 것인가?'를 고민하게 된다. 사람에 따라서 그가 처한 환경과 여건에 따라서 답은 천차만별일 수밖에 없다. 당장 하루 세 끼 해결이 힘든 사람이라면, 병실에 누워서 병마와 사투를 벌이는 환자라면 이 질문은 사치나 다름없는 것이다.

친구나 지인들에게 이 질문을 했다고 치자. 더러는 농담처럼 "마지못해 그냥 살아."라고 하는 이들도 있겠지만 '자식 때문에', '아직은 할 일이 많아서', '사랑하는 사람이 있어서', '○○○을 이루고 싶어서' 등등 제각각일 것이다. 그나마 편한 관계이기에 조금은 쉽게 그 시점에서의 가슴 속 진심을 담아 얘기할 수는 있을 것이다. 다만 사뭇 진지하게 특별한 답변을 해주길 바라면서 질문을 던졌다면 상대에게 시간을 줄 필요가 있다. 적지 않은 사람들이 이에 대한 답을 내놓길 꺼려할 수도 있지만 그보다는 스스로 왜 사는지에 대해 자신만의 생각을 정리할 충분한 시간이 없었다는 얘기다. 그만큼 산다는 것은 누구에게나 정신없는 일이기도 하다. 물론 젊은 시절부터 자신의 목표가 뚜렷하여 그것만을 추구하면서 달려오고 있었거나 나름대로 20년 후, 30년 후 자신의 미래를 확실하게 그려놓고 달려가는 사람이라면 답변은 좀 빠르고 쉽게 나올 것이다.

산다는 것은 누구에게나 소중하고 의미와 가치가 있는 일임엔 분명하다. 다만 처한 환경과 생각의 차이에 따라서 살아가는 이유는 제각각 다를 수밖에 없으며 누구의 대답이 정답이라고 말할 수도 없다. 설령 정확한 목표를 앞세워 사는 이유를 확고하게 정의 내려놓고 살아가는 사람일지라도 어느 한순간 인생의 변화가 오면 그 정의는 또 달라질 수 있다. 자신의 건강이나 직업 그리고 생활에서의 큰 사건이나 사고가 찾아온다거나 자신의 삶에 영향을 미칠 수 있는 자녀나 배우자, 부모에게서 큰일이 발생하면 '왜 사느냐'에 대한 답은 충분히 달라질 수 있기 때문이다. 그리고 누구에게나 공통적으로 다가오는 나이듦 또한 이 질문에 대한 답을 수정하게 만들기도 한다. 청소년기와 20, 30대 젊은 시절의 가치관이나 목표가 다르고, 젊은 시절과 중년 시절 또한 다르며, 노년기 역시 달라진다. 이는 우리네 삶이 10년, 20년에 끝나는 것이 아니기 때문이리라.

현시대를 100세 시대라고 한다. 여기서 100이라는 숫자는 이승과 저승의 경계선을 말할 뿐 100세까지 건강한 육체와 정신을 유지할 수 있다는 얘기는 아니다. 냉정하게 말한다면 사람에 따라서 다를 수는 있겠지만 자신의 의지대로 생각하고 활동할 수 있는 나이는 병약한 이들에게는 80세 전후일 것이고, 건강한 이들이라면 90세 전후에 끝난다고 보아야 한다. 그렇다면 우리는 내 삶의 주인공이 내가 되어야 하는 인생 2막을 위한 첫 준비단계로 반드시 해야 하는 것이 있다. 바로 '왜 사느냐고 묻거든'에 대한 나만의 답을 구하는 일이다.

무엇 때문에 사는 걸까? 빠르게는 중년의 초입이라고 하는 40대에서 구해야 한다. 늦어도 60세가 되기 전에는 반드시 정의를 내려야 한다. 인생의 절반을 넘어서 시니어인생을 멋지게 후회없이 살고 싶다면 그 방향과 방법을 안내해 줄 나만의 한 줄 문장이 앞으로 내가 살아가야 하는 이유를 명확하게 하는 것이기 때문이다.

인생
헛살았어

"다 소용없어. 아파트 줄여서 결혼시켰더니 한 달에 한 번도 집에 안 오더라구."

"요즘 애들 다 그렇지 뭐. 우린 딸이라 그런지 너무 자주 와서 내가 귀찮아. 이젠……."

"글쎄 며칠 전 작은 며느리가 전화 했더라구. 커피점 창업을 하겠다구. 그러면서 다만 얼마라도 보태줬으면 하는 눈치더라구. 내가 미쳤어. 줄 돈도 없지만 이젠 있어도 안 줘. 35년 동안 지들을 위해 아끼고 못 먹고 백화점 가서 옷 한 벌 못 사 입었거든. 사실 후회돼. 나를 위해서는 한 게 하나도 없는 거야."

두 아들이라면 껌벅 죽던 김 여사가 인생 헛살았다고 하소연을 한다. 딸이라서 그나마 위안이 된다던 이 여사도 김 여사의 말을 듣고 보니 가슴 속에서는 뭔가 허무하다는 생각이 몰려온다. 따지고 보면 살갑게는 굴지만 딸 역시 반찬 가져가고 급할 때 종종 애 맡기려고 자주 들락날락하는 것이라는 걸 그녀는 익히 잘 알고 있다. 큰 딸이고 작은 딸이고 할 것 없이 정작 몸살 나서 집에 누워 있는 날에는 제 자식 감기 옮길까 지레 겁 먹고 오지도 않는 걸 경험했던 터였다. 자식은 평생 해바라기 짝사랑이라는 것을 실감한 지 이미 오래 전이다.

주말 가족 드라마의 한 장면 같은 이야기만은 아니다. 사실이 그렇다. 자식이 부모 맘을 헤아리면 얼마나 헤아리겠는가. 나이 60 넘어 자식들 결혼시키고 나면 한 이불 덮고 자는 배우자밖에 없다는 것을 실감하게 된다. 언젠가 한 지인이 말했다. 가끔씩 늦게까지 술 마시고 들어와서 냄새를 피우면 짜증이 나고 밥 차려 줄 때까지 꼼짝도 안 하고 기다리면 괘씸하다는 생각이 들긴 하지만 그래도 남편은 아프다고 하면 약이라도 사다주지 않느냐고 했다. 가끔씩 기분 내키면 퇴근길에 과일이나 빵도 사오고, 허리 아프다 다리 아프다 말하면 주물러주는 흉내라도 내는 게 고맙게 느껴지기도 한단다.

우리나라의 경우 문화적 특성상 나이 60이 넘어서도 연로한 부모를 모시고 살거나 경제적으로 또는 간접적으로 보살피며 사는 이들도 있고 자식바보로 살아가는 이들도 적지 않다. 최근 들어 조금씩 달라지는 추세다. 부모의 자식으로만 살거나 자식에게 헌신하는 부모로만 살기에는 100세 시대에 대한 나만의 준비가 필요하고 남은 생만큼은 부모나 자식보다는 그간 소홀했던 자기 자신을 위해 살겠다는 시니어들이 늘고 있다.

대중문화 전문가나 칼럼니스트들은 흔히 70년대 유신정권을 경험한 세대를 유신세대라고 하고, 한국전쟁 이전에 태어난 세대를 기성세대라고 부른다. 68년까지의 그 다음 세대를 386세대라고 말하고, 또 그 다음 세대를 신세대라고 구분짓는다. 한 세대를 10년으로 본다면 나름 시대적 특성에 맞게 잘 구분해놓은 셈이다. 이같은 세대구분 중에서도 자식에 대한 희생이라는 점에서 눈에 띄게 그 특징이 드러나는 세대를 보면 유신세대와 기성세대들이다. 이들에게 자식은 결혼을 해도 부모가 챙겨주고 돌봐줘야 하는 대상이다. 기성세대에 비해 유신세대들은 그 정도가 조금은 느슨하긴 하지만 여전히 그들도 자식들에게 많은 부분을 할애한다. 그러면서도 자신이 찾지 못한 자신만의 삶을 아쉬워하고 흘러간 시간에 대한 원망과 자책을 하기도 한다.

386세대부터는 다르다. 특히 신세대 엑스(x)세대라고 불리는 지금의 30, 40대들은 100% 다르다. 그들 중 누군가는 지금 이 순간 "나는 삼십대 후반인데. 난 그렇게 안 살 건데.", "이제 사십 넘어섰는데 뭘. 대학 졸업시키면 지가 알아서 살아야지 왜 내가."라고 말할 것이다. 아니 결혼하지 않은 어떤 이는 "난 이대로 화려한 싱글로 살아 갈 거야. 자식 없어도 아쉬울 것 없어. 뭐든지 내 맘대로 할 수 있으니까."라고 말할 것이다.

30, 40대들의 경우 60대 이후의 기성세대들과는 자식에 대한 책임의 길이와 폭이 현격하게 다르다는 것은 인정한다. 다만 그들이 모르는 것이 있다. 자식에 대한 부모의 책임이나 희생 또는 배우자의 간섭에 따른 자기실현의 좌절이 아니다. 다름 아닌 시간의 흐름이다. 형체없는 이 시간이 소리없이 흘러가면서 자신도 모르는 사이에 삶은 훌쩍훌쩍 과거로 내몰리고 어느 날 문득 '아, 내가 오십이네' 라는 아쉬움과 두려움을 동반한 탄성이 입에서 흘러나온다는 것이다. 만일 젊은 날 시간 관리에 신경을 쓰지 않는다면 신세대든 엑스(x)세대든 그들의 입에서도 부모들인 기성세대나 유신세대들과 마찬가지로 "인생 헛살았어."라는 말이 나올 수밖에 없다.

어떻게 할까? 누구라고 할 것 없이 세월이 흘러 어느 한 시점에서 '나는 왜 이렇게 살았지?', '내가 정말 하고 싶은 게 이건 아니었는데', '내가 살고 싶은 삶은 어떤 것이었지?' 라고 자책하거나 스스로에게 질문하는 일을 만드는 것은 안타까운 일이다. 흘러간 시간은 그 누구도 어떤 재물로도 보상을 받을 수가 없다. '늦었다고 생각될 때가 가장 이른 때이다' 는 말이 있다. 실행으로 옮겨야 하는 것이 있다면 시간을 늦추지 말고 더 늦기 전에 후회하기 전에 하라는 얘기다.

무엇을? 버킷리스트를.

살아있는 동안에 한 번은 꼭 해야 할 것들

돈! 돈!
돈으로부터 해방되어라

'일하는 것은 나쁘지 않다. 다만 돈에 목숨 걸지 마라'

시니어 대상 강의를 하면서부터 중장년층 지인들에게 또는 이제 막 나이들어 감을 몸소 느끼는 친구들에게 자주 하는 말 중 하나다.

노년기 일과 돈에 대한 기준과 선택은 사람마다 다르다. 수입의 많고 적음을 떠나서 건강이 허락하는 한 적당히 일하면서 시간적 육체적으로 여유있는 삶을 사는 게 좋다는 것에 공감을 하는 이들도 있지만 다른 견해를 제시하는 이들도 적지 않다. 연금과 모아둔 재산만으로도 노년기 생활은 걱정 없지만 100세 시대 자식들에게 손 벌리지 않으려면 돈은 벌 수 있을 만큼 벌어야 한단다. 이뿐만이 아니다. 자식들 결혼비용은 필수이고, 주택마련자금에도 보탬이 돼 주어야 하며, 손주 용돈도 줘야 하기 때문에 벌어야 한단다. 또 아파서 병원신세 지게 되면 돈은 더 들어갈 거라고 걱정한다. 또 다른 사람들도 있다. 현직에서 은퇴하면 죽을 때까지 편히 쉬겠다고 한다. 그만큼 치열하게 살았고 노년기 생활자금을 걱정하지 않아도 될 만큼 모아놓았단다.

아침에 눈을 떠서 저녁에 잠이 들 때까지 모든 것이 돈과 무관하지 않은 세상이다. 물질문명이 주도하는 시대이고 자본주의 사회다. "노인네가 돈을 어디에 써."라고 말할 수 있는 시대는 아니지만 노년기의 삶에 있어서 돈과 일에 대한 정확한 기준이나 평균치를 내기는 어렵다. 어디서 살고 어떤 환경에 처해 있는지에 따라서 또 어떤 종류의 취미생활을 즐기며 누구를 만나고 무엇을 먹느냐에 따라서 그 차이는 하늘과 땅 사이만큼이나 크다. 다만 분명한 것이 있다면 돈! 돈! 돈을 외치며 사는 것은 결코 행복한 삶이 아니라는 것이다.

서울 도심 한복판인 종로의 작은 커피점에서 특이한 문구를 발견한 적이 있다. '브로커 출입을 사절합니다'. 나이 60대 70대 된 남성 고객들 중 카페에서 어디에 무슨 땅이 있는데 시세가 어쩌고저쩌고 하면서 서류뭉치를 테이블에 올려놓고 시끄럽게 떠드는 이들이 의외로 많단다. 주인으로서는 2,500원짜리 아메리카노 커피 한 잔씩 시켜놓고 두세 시간 동안 떠들어대는 것도 눈에 거슬리지만 그보다 더 문제인 것은 부동산 투기로 소위 '브로커'라고 불리는 그들이 오면 다른 고객들이 불편해서 오지 않는다는 것이다. 그 카페 인근의 식당에서는 또 다른 씁쓸한 얘기도 들었다. 나이 지긋하게 든 서너 명의 남성들이 들어와 50억 100억을 입버릇처럼 쏟아내면서 만 원짜리 안주 하나에 소주 서너 병을 마시고는 자리에서 일어설 때면 서로 돈이 없다면서 먼저 나가려고 한단다. 주인은 얼마가 됐든 매상 올려준 손님이니 고마운 일이지만 나이들어서 '억' 소리 나는 얘기를 하던 사람들이 술값 2, 3만 원 낼 돈이 없다는 것은 참으로 이해가 되지 않는다고 했다.

고령 사회에 접어들다 보니 요즘은 어딜 가든 낮 시간에 시니어들이 카페에 앉아서 커피나 음료를 마시며 대화를 나누는 모습을 쉽게 볼 수가 있다. 가까운 선배가 운영하는 카페 역시 단골손님들 중 50대에서 70대의 고객들이 적지 않다. 귀를 세우고 들으려 한 것도 아닌데 좁은 실내이다 보니 고객들의 대화 내용이 다 들린다. 남편, 자식, 손주, 여행에 대한 얘기 못지않게 쉽게 들리는 내용이 돈이다. 얼마 전 정말 대박 나는 주식이 있었는데 그걸 놓쳤다거나 강원도 어디에 가면 아직도 쓸만한 땅이 있어 그걸 보러 간다는 말에 고개가 흔들어진다. 친구가 이혼했는데 위자료를 얼마 받았으니 먹고 사는데 지장이 없다거나 돈 많은 남자와 재혼한 친구가 부럽다는 말에는 사랑보다 돈이 중요한 것인지에 대해 머릿속을 복잡하게 한다.

노년기의 삶을 돈과 연관시키는 이들에게는 그들 스스로 돈에 대한 욕심을 내려놓지 못하는 것도 큰 문제이지만 노후자금이라는 명목을 앞세워 금융상품 판매를 유도하려는 금융권의 마케팅과 이를 앞다퉈 보도하는 매스컴도 문제다. 한두 달이 멀다하고 퇴직 후 부부가 안정된 노년을 보내려면 월 얼마가 필요한가에 대한 설문조사결과나 금융기관 및 전문가들의 의견을 내놓는다. 액수는 제각각이다. 160만 원, 237만 원, 280만 원 등등. 그러니 가뜩이나 젊은 시절 돈이 없어 원하는 공부도 못했고 공장에서 밤잠 못 자가면서 일했던 기억하고 싶지 않은 아픈 청춘기를 보낸 기성세대들로서는 노년기 삶이 잔뜩 긴장되지 않을 수 없는 일이다.

혹자는 돈에 목숨 건 듯이 오직 돈만 추구하는 삶을 살아가는 이들을 보면서 그들은 젊은 시절 워낙 가난하게 살면서 아픈 경험도 많이 했기 때문에 그 트라우마에서 벗어나지 못하는 것이라면서 측은지심(惻隱之心)을 드러내기도 한다.

노년기에 경제활동을 하는 것은 시대적 요청이다. 경제적 여유가 있다고 할지라도 건강하게 일할 수 있다면 70이든 80이든 일하는 게 본인은 물론이고 애국하는 일이다. 출산율 저하로 생산성인구가 줄어들면서 젊은 세대들이 앞으로 감당해야 할 사회복지 실현에 대한 부담감을 조금이라도 덜어줄 수 있을 것이다. 다만 돈을 쌓기 위한 일이기보다는 일하는 즐거움과 보람이 따르는 일이라면 좋지 않겠느냐는 생각이다.

법정스님은 '홀로 사는 즐거움'에서 여백과 공간의 아름다움은 단순함과 간소함에 있다고 말했다. 행복은 결코 많고 큰 데만 있는 것이 아니며, 작은 것을 가지고도 고마워하고 만족할 줄 안다면 행복한 사람이라고. 어떤 이는 매일같이 먹는 쇠고기가 질리다고 투정을 할 수도 있겠지만 다른 누군가는 이웃집에서 받은 김장김치 한 포기로 인해 입안에서 사르르 녹을 만큼 맛있는 한 끼 식사를 했다는 이들도 있다. 작지만 소중한 것 그것에 대한 가치를 아는 것이야말로 아름답게 나이들어 가는 모습이리라.

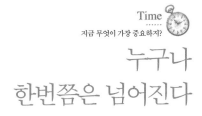
누구나
한번쯤은 넘어진다

사노라면 절망, 방황, 고독, 빈곤 같은 일들이 예고 없이 찾아오곤 한다. 그럴 때마다 자신이 처한 현실이 가장 슬프고 힘들며 고통스럽다고 생각하는 이들이 있다. 과연 그럴까? 위기에 처했다고 해서 삶을 포기하거나 삶의 끈을 놓는다면 이 세상 사람들의 대부분은 홈리스가 되거나 자살했어야 한다. 삶이 매력적인 것은 슬픔을 딛고 일어서면 희망이 보이고 또 기쁨이 다가온다는 것이다. 인생을 흔히 '희로애락(喜怒哀樂)'으로 비유하는 것도 다 그 때문이다.

한겨울 서울역 지하도나 한여름 시내 중심에 있는 공원에 가보면 노숙인들을 만나는 일이 그리 어렵지 않다. 어떤 이들은 공원 벤치에 누워 잠을 청하거나 지하도 한편에서 종이 상자로 바람막이를 만들어 놓고 노숙을 하는 사람들을 보면서 어떤 방법으로든 사랑의 손길을 펴고자 하는 이들도 있고 동정의 눈으로 안쓰러움만 안고 가는 이도 있지만 "왜 저렇게 살아."라는 비수 같은 말을 꽂고 지나가는 이들도 적지 않다. 누구인들 노숙생활이 즐거워서 그 생활을 택했을까? 산다는 것은 늘 햇살 가득한 날만 있는 것이 아니다. 경제적으로 넉넉한 사람이라고 해서 그들에게 늘 즐거운 웃을 일만 생기지는 않는다. 가난을 대물림 받은 이들도 있지만 사업 실패나 사기를 당해서 한순간에 길거리로 내몰려 방황하는 이들도 있다.

대중가수 윤태규의 노래 '마이웨이'의 가사를 싫어하는 사람은 없을 것이다.

"누구나 한번쯤은 넘어질 수 있어 이제와 주저앉아 있을 수는 없어 내가 가야 하는 이 길에 지쳐 쓰러지는 날까지 일어나 한 번 더 부딪혀 보는 거야……."

희망을 놓지 않고 도전을 하는 것이야말로 인생의 참맛일 수도 있다. 스케이트보드의 한 종류로 청소년과 젊은층에서 레저용품으로 인기를 얻고 있는 제품인 에스보드는 국내에서 이미 30만 개 이상, 미국에서는 2백만 개 이상 팔린 레저용품이며, 이 제품을 만든 사람은 K다. 그도 한때는 서울역 지하도에서 노숙생활을 한 사람이라는 사실은 매스컴을 통해 이미 잘 알려진 얘기다. 가구 대리점을 하던 1997년, 아들이 막 태어나자마자 회사가 부도가 나서 모든 가산을 정리한 후 집이 없어 가족들은 지방의 처가 근처에서 월세방 생활을 하고, 그는 사우나, 고시원 등을 전전하다 그 돈마저 아까워서 서울역 지하도에서 노숙을 했다고 한다.

가까운 지인 중 한 사람인 L은 14년 전 절망에서 벗어나고자 많은 고민을 했었다. 잘 나가던 직장인 은행을 그만두고 사업을 시작했다가 10억 원이 넘는 재산만 탕진하고 거기다 빚까지 진 상태에서 한창 크는 아이들이 셋이나 됐다. 부친이 챙겨준 5백만 원으로 월세보증금을 넣고 지하 월세방에서 재기를 꿈꾸었다. 쉬운 일이 아니었다. 냉동탑차 한 대를 구해 물류서비스를 시작했다. 놀라운 일이 벌어졌다. 그는 성실하게 일했고 거기에 운까지 따라 주었다. 사업은 해마다 확장되었다. 지금은 직원 수 500여 명을 둔 탄탄한 종합물류회사의 대표가 되어 있다.

이와 같이 수백여 명의 직원을 두고 연간 천억 원대의 매출을 올리는가 하면 히트상품 제조기로 불리면서 성공신화의 주인공으로 불리는 기업인들이 셀 수 없이 많다. 그들의 공통점은 무엇일까. 100%는 아닐 수도 있지만 십중팔구는 부도난 회사를 다시 일으켜 세웠다거나 한때 자금난으로 애타게 은행 문을 수도 없이 두드리면서 천덕꾸러기 신세를 경험한 이들이다. 또 그들 중에는 집이 없어서 단칸방에 다섯 식구가 살았다는 사람도 있고 자살 직전에 발길을 돌려 다시 일어섰다는 이들도 있다. 슬로비의 강신기 사장이나 나의 지인인 L형만이 그렇게 힘든 시기를 겪고 일어선 것이 아니라는 얘기다.

인간을 지배하는 것은 환경이다. 아무리 열심히 노력하고 열정을 쏟아도 때로는 둘러싸고 있는 환경의 영향으로 인해 결과는 실패로 나타날 수도 있다. 자신의 노력과 의지와는 무관하게 운명의 장난 같은 불행과 맞닥뜨릴 수 있다. '인간의 힘'만으로는 도저히 안 되는 것들이 있다. 게다가 인간은 감정을 지닌 동물이다. 심리적 영향으로 인해 좌절과 절망에 빠지기도 하고 방황도 하게 된다. 사람이라면 누구나 그 당사자가 될 수 있으며 이는 잘잘못을 따지고 비난할 성질이 아닌 것이다. 주변사람들의 몫은 이해하고 도와주고 용기와 희망을 주는 일이다.

세상사 인간사는 지구본에 그려진 지도 속의 굴곡진 선만큼이나 복잡하고 다양하며 시시각각 변화 속에서 대응하도록 요구한다. 그러한 과정에서 실패와 성공이 교차되기도 하고 반복되기도 한다. 목이 마른 사람에게는 물을 주고, 쓰러진 사람은 일으켜 세워주고, 혼자서 걷기 힘든 이에게는 어깨를 내어주는 것 그것이야말로 자신의 인생을 아름답게 가꾸는 일이다. 언제 어디서나, 내 가족, 지인 중 누군가가 또 목이 마르고 쓰러지고 방황하게 될지도 모른다는 것을 생각한다면 좌절과 방황 속에 갇힌 사람들의 손을 잡아주는 일은 그리 힘든 일이 아닐 것이다.

나는
무엇을 위해 사는가?

몰랐다. 정말 몰랐다. 어느 날 갑자기 내가 죽을 수도 있다는 생각을, 그리고 나이들어 가고 있음을 실감하기 전까지는.

40대 초중반에 노년기 삶이 어쩌고저쩌고 책을 썼다. 그때는 마치 수학공식 같은 이론서를 썼다는 것을 뒤늦게서야 알았다. 뒤돌아보는 삶도 중요하지만 더 중요한 것은 앞으로 어떻게 살아갈 것인가에 대해서 생각해 보는 일이다. 이것을 알게 되던 무렵 '나는 무엇을 위해 사는가'에 대한 답을 얻을 수 있었다.

꼭 집어 말한다면 두 가지다. 하나는 청소년기부터 귀신에 홀리듯 가까이 하게 된 문학으로 인해 죽는 날까지 해야 한다고 스스로를 쇠뇌시킨 글쓰기이고, 또 다른 하나는 중년이 되어서야 비로소 실천으로 옮기게 된 것 '누군가에게는 보탬이 되어 줄 수 있는 사람이 되는 일'이다.

시니어가 스스로가 출제한 '왜 사느냐'와 '무엇을 위해 사느냐?'에 대한 시험지에 답을 썼을 때 지나온 삶에 대한 후회와 반성만 했다면 49점 이상을 넘지 못한다. 50점 이상을 받으려면 남은 삶을 무엇을 하며 어떻게 살아갈 것인가에 대해 구체적인 답을 써야만 된다. 물론 이것은 나만의 추상적인 논리일 수도 있겠지만 지금 내가 많은 시니어들과 만나면서 그들의 말을 경청하고 귀감이 될 만한 내용이나 함께 고민해 보면 좋을 만한 가치가 있는 주제들을 방송으로, 글로 옮기며 전파하고 있으니 뜬구름 잡는 허무맹랑한 논리는 아니라는 생각이다.

언제부터인가 나는 "지금 행복하세요?"라는 질문에 "네, 그런 것 같습니다."라는 대답을 하게 됐다. 글을 써서 먹고 사는 뻔한 수입의 글쟁이다. 그나마 하나뿐인 아들의 교육과 양육은 책임질 수 있을 만큼 일이 있고 수입이 지속적으로 발생하니 참 다행스러운 일로 여기며 이에 감사할 따름이라고 여기며 산다. 경제적으로는 그다지 윤택하지 못한 현실임에도 불구하고 무엇 때문에 '나는 행복하다'라는 말을 할 수 있을까?

우리가 살아오면서 순간순간 행복감을 느낄 때는 많다. 큰 상을 받거나 어려운 시험에 합격했을 때, 고향집에 간 날 한동안 못 먹어서

기다려졌던 어머니가 끓여준 된장찌개나 두부조림 같은 소울푸드를 먹었을 때, 결혼을 한 후 첫 아이가 태어났을 때, 아이가 재롱을 부릴 때, 그림엽서에서나 본 듯한 멋진 여행지에서 하늘을 바라보며 두 팔을 벌려 크게 호흡을 할 때 등등. 하지만 일상 자체에서의 행복감이 지속되는 일은 모든 이에게 주어지는 것은 아니다. 자기 스스로가 무언가를 꾸준히 실천하고 있을 때 가능해진다. 몇 년째 이런 행복감을 갖고 산다는 것은 정말이지 축복받은 일이 아닐 수 없다. 다름아닌 바로 강의다. 7년 전 우연히 인연을 맺게 된 도시 부천. 나는 이곳에서 그간 인문학과 글쓰기 강의를 통해 많은 사람들을 만났고 지금도 지속되고 있다. 인문학 강의를 하면서 만난 시니어들이 말한다. "피카소 그림에 전쟁을 증오하고 평화를 갈구하는 그런 메시지가 숨어 있었군요."라면서 감동하고, "가우디처럼 후세에 뭔가 남기고 떠날 수 있어야 하는데 저는 무엇을 남기지요. 오늘부터 고민을 좀 해봐야겠어요."라고, 또 어떤 이는 "나는 내가 좋아하는 게 뭔지도 몰라요. 이제부터라도 찾아봐야겠어요."라고 다짐을 전한다. 글쓰기 제자들은 또 어떠한가. 한두 달이 멀다하고 갑자기 전화가 걸려온다. "오늘 연락이 왔어요. 제 글이 우수상이랍니다."는 식의 수상소식을 전한다. 때로는 이름없는 문예지의 상이라 하고, 때로는 굵직한 기관의 전국단위 문학작품 공모전이나 백일장에서 수상을 한 후 그 기쁨을 전해온다. 수상소감 못지않게 나를 행복하게 만드는 일은 나의 지도를 받으면서 글쓰기를 통해 시니어 인생에 무엇을 해야 할 것인지에 대해 길을 찾았다는 제자들이다. 나로 인해 누군가가 삶의 방향을 찾았다니 이 얼마나 즐겁고도 즐거운 행복의 바이러스를 내 몸 안에 심어놓는 일이 아니고 그 무엇이겠는가?

40대부터 70대까지 연령, 성별, 직업에 상관없이 강의실에서 만나는 사람들. 기술과 지식을 전달하는 수많은 지도자들이 있다. 나도 그들 중의 한 사람일 뿐이다. 제자가 잘 되면 스승으로서는 그보다 더 좋은 일이 없을 터이니 당연히 행복한 일이다. 그럼에도 불구하고 내가 강사활동을 통해 보람을 얻고 행복하다고 책을 통해서도 자랑하는 이유는 따로 있다. 유명강사로 이름을 날리며 고액의 강의료를 받고 강의활동을 펼치면서 사람들을 만나는 게 아니고, 강의가 본업이 아닌 사회활동 중의 하나로 주 1, 2회 시간을 내어 지역사회로 찾아가 공무원에 준하는 파트타임 수준의 두 시간 활동에 준하는 보수를 받고 그들을 만난다. 내 강의를 듣는 그들 역시 나름대로 목표점을 정한 후 그 결과를 단기간 내에 얻기 위해 교육을 받는 입장이 아니고 큰 기대보다는 취미삼아 듣게 된 강의에서 선택이 아닌 지정된 강사를 만난다. 이런 만남 가운데서 우리는 서로가 기대했던 것 이상의 결과를 얻게 되거나 만남 자체의 가치를 인정하면서 감동하고 감사해 한다. 그들은 여럿이고 나는 한 사람이니 그들의 즐거움과 성취감은 고스란히 나에게 전달되어 만족과 기쁨이 쌓이고 그것이 곧 지속가능한 행복을 탄생시킨 것이다.

　수많은 명사들이 행복은 늘 우리 곁에 가까이 있으니 멀리서 찾지 말라고 말하는 이유를 나는 안다. 탈무드에 나오는 '남을 행복하게 하는 일은 향수를 뿌리는 것과 같다. 뿌릴 때에 자기에게도 몇 방울은 묻기 때문이다'라는 명언을 나는 느끼고 있기 때문이다. 그래서일까. 종종 나는 같은 직업을 지닌 지인들에게 권한다.

　"기회가 주어진다면 지역사회의 문화강좌에 강사로 참여해 봐요. 보람도 의외로 크고 정말 특별한 즐거움을 느낄 수 있다니까요."

Who am I?

"야, 너 노래 잘하던 명숙이? 정말 오랜만이다."

"그래, 경수야. 너는 얼굴에 예전 모습이 남아 있네. 잘 지냈어? 너 공부 잘했잖아. 선생님이 꿈이라고 했는데……."

"그땐 그랬지. 인문계를 못 가고 공고를 갔어. 그래서 그냥 월급쟁이가 됐지. 사업도 한번 했는데 잘 안 되더라고. 그래서 몇 년 전에 다시 회사에 들어갔어. 그나저나 너 얼굴 예쁜 건 그대로이네."

"별 소리를. 조금 있으면 나 할머니 된다, 얘! 애들 셋이야. 그것들 키우다 보니 좋은 시절 다갔어. 우리 큰 애가 지난해 시집갔잖아. 그런데 저기 앉아 있는 애 철민이 맞지? 쟤 정말 말썽꾸러기였는데. 우리 여자애들 좀 괴롭혔니. 저 친구는 뭐해?"

"철민이 공기업 다니잖아."

"그래? 무슨 실력으로……. 어머, 사람일은 두고 봐야 안다더니."

"우리 학교 다닐 때 철민이 할아버지가 군수였잖아. 큰 아버지는 도청에 다니고. 아무튼 집안이 좋았으니까."

사십 년 만에 동창회에서 만난 초등학교 동창생 사이에 오가는 대화다. 누구라고 할 것 없이 세월을 비껴가진 못한다. 이웃집 아줌마 아저씨가 되어버린 50대의 초중반의 그들은 어느새 흰머리가 불쑥불쑥 튀어나오고 눈가와 이마엔 주름살들이 몇 개씩 그어져 있다. 하지만 옷차림새와 얼굴 색 그리고 헤어스타일만으로도 대충은 삶의 현주소가 읽혀진다. 세상살이 연륜이 쌓인 만큼 직업이나 경제력 정도는 크게 빗나가지 않는다. 만나자마자 반가움에 옛 시절 얼굴과 추억을 떠올리며 시간여행을 하게 된다. 말수 적었던 영철이도, 몸에 손가락만 대도 울며 선생님에게 달려갔던 미자도 이제는 걸쭉한 농담을 하며 한바탕 웃어 보인다. 흔히 볼 수 있는 50대들의 동창회 모습이다.

집으로 돌아오는 길에, 오랜만에 만났던 친구들의 예날 모습과 현재의 얼굴이 교차되면서 피식 웃음도 나오고 모처럼만에 격없이 편안하게 웃고 떠들었던 동창생들과의 모임이 참 좋았다는 생각도 하게 된다. 그날 잠자리에 들 무렵이면 쉽게 눈이 감기지 않는다. 40여 년의 시간이 흐르는 동안 동창생들은 저마다 다른 모습으로 서 있지

살아있는 동안에 한 번은 꼭 해야 할 것들

만 잘 살든 못 살든, 돈이 많든 적든 한 가지 똑같은 것은 나이가 들었다는 사실이다. 흘러간 시간들이 아쉬워지기 마련이다.

이렇게 나이가 들어갈 즈음 어느 날 신문에서 방송에서 강연장에서 뒤통수를 한 대 얻어맞은 듯한 충격과 맞닥뜨리게 된다. 비슷한 또래의 장년들을 보면서. 경단녀가 되기 싫어서 아침마다 우는 아이를 억지로 어린이집에 떼어놓으면서까지 출근하여 경력을 쌓은 후 독립하여 홍보전문대행사 대표가 됐다는 사람, 10대 시절부터 미싱공장에 다니면서 고등학교 야간으로 졸업하고 방통대 나온 후 패션전문학교 교수가 된 사람, 세 평짜리 칼국수집 창업하여 지금은 남부럽지 않은 대형 한식집 운영하면서 직원만도 30명 거느린다는 사람 등등.

그제야 스스로에게 묻는 질문이 있다. '난 뭐지?', '나 여태 뭐하며 살았지?', '내가 나를 모르겠네. 왜 이렇게 살고 있지?'라는 넋두리 속에서 존재의 상실감마저 느끼게 된다. 결국엔 'Who am I?'와 함께 앞으로는 다른 인생을 살아야겠노라고 이를 물게 된다. 앞으로 인생 2막은 무엇을 하며 살 것인지, 정말 꼭 해야 할 것이 무엇인지에 대한 답을 찾아갈 것이다. 물론 모든 사람들이 그렇지는 않다. 누군가는 '이제 와서 새삼 나를 찾는 게 무슨 소용이람'이라고 푸념하거나 '늦었어. 틀렸어. 그냥 이대로 늙어가는 거지 뭐'라고 아예 포기하기도 한다.

당신이라면 어떤 결론을 내릴 것인가? 꿈도 포기하고 새롭게 하고 싶은 일이 있어도 도전하지 않고 남은 노년기를 맞이할 것인가? 아니면 새로운 목표설정과 함께 도전을 할 것인가? 답은 자신이 내려야 한다. 지금으로부터 이십 년 후, 삼십 년 후 어떤 모습으로 노년기를 보내고 있을지에 대한 그림 또한 스스로 그릴 수 있을 것이다.

27년 간 기자활동을 해오면서 수많은 사람들을 만났다. 소위 성공했다는 유명인들도 많았고, 실패의 아픔을 딛고 다시 일어서려는 기업인들도 만났다. 하지만 최근 들어 만나는 각 분야에서 노년기를 멋지고 알차게 보내는 시니어들에게서 그들의 장점과 현명한 선택을 벤치마킹하고 싶다는 생각을 자주 갖는다. 100세 시대까지 앞으로 50년 동안 '나는 누구로 남을 것인가?'에 대한 숙제를 푸는 데 큰 도움이 되기 때문이다.

시방 뭣이 중한디?

영화 '곡성'에서 딸 효진이는 아빠 종구를 쏘아보면서 말한다.

"뭣이 중헌디? 뭣이 중허냐고 뭣이! 뭣이 중헌지도 모름서."

'무엇이 중요한가?'라는 뜻의 전라도 사투리인 이 말은 어린 소녀의 감정이 연기 속으로 자연스레 스며들면서 스크린에 강렬한 긴장감을 불어넣었다. 이 때문에 '곡성'의 명대사로 꼽히면서 한때 유행어가 되었다.

벌써 몇 년 전의 일이다. 장기간 프리랜서로 소속되어 일해오고 있는 잡지에 취업 재도전에 성공한 중장년들을 인터뷰하는 코너가 있었다. 지인의 추천을 통해 대상 인물로 중견기업에 가까운 A사의 상무를 만난 적이 있다. 50대 중반에 대기업 계열사인 전 직장에서 사표를 내고 3년 간 쉬다가 재취업한 사람이었다.

"연구소 소장이었어요. 25년 간 회사밖에 몰랐습니다. 그런데 어느 날 지방에 있는 계열사 공장장으로 보내더라구요. 정말 억울하다는 생각이 들었어요. 청춘을 바친 회사에서 받는 보상이 결국 이거였나 싶었죠. 1년도 못 버티고 그만두었어요"

S대 출신으로 박사학위 소지자였던 그로서는 회사에 배신감 같은 것이 느껴졌다고 했다. 갑자기 퇴사를 하고 쉬게 되자 그제야 자신의 눈에 새롭게 들어오는 게 있더란다. 그것은 다름 아닌 아내와 자식에 대해 자신은 정말 무엇을 했는가에 대한 미안함과 후회였다고 했다. 지난 20여 년 간 지적장애인인 아들을 보살피면서 작은 가게를 운영해온 아내가 살림을 하면서 아들을 돌보고 가게를 운영하느라 얼마나 바쁘게 살았을까에 대해, 또 고생은 얼마나 많았는지에 대해 생각을 하게 되었단다. 라면 하나도 혼자 힘으로 끓여 먹을 수 없는 다섯 살 아이 수준의 지적장애인 아들을 둔 아버지로서 자신은 과연 그 아들에게 무엇을 했는지에 대한 반성과 후회가 생겼다. 또 회사에서 일하는 동안 하루가 멀다하고 전화를 걸어오던 거래처 사람들과 선후배들의 전화가 뚝 끊기는 것을 보면서 인간관계의 회의감마저 들었다고 했다.

퇴직한 지 한 달도 안 되어서 그는 핸드폰을 쓰레기통에 던져버렸다고 했다. 모든 사람들과의 관계를 스스로 차단시킨 후 오직 한 가지 아내가 했던 아들 돌보는 일에만 시간을 쏟기 위해서였다. 지인의 소개로 재취업을 하긴 했지만 이제는 그에게 중요도 1순위가 바뀌었다. 일보다도 더 소중한 것은 가족이고 다가오는 노년기에 무엇을 할 것인지에 대한 리스트를 만들게 됐다고 한다.

사람들은 누구나 그렇다. 20대 시절엔 40대는 물론이고 50대 60대의 자신의 모습은 상상조차 못한다. 미래의 자신을 내다보지 못한다. 40대 중반을 넘어서면 체력은 급격히 떨어진다. 일반 기업의 직장인이라면 특별한 능력이나 회상에 대한 기여도가 없는 한 직장 내에서의 자리도 정점을 찍고 물러설 준비를 해야 한다. 철밥통으로 불리는 직장을 다녀도 마찬가지다. 50대 중반에 들어서면 남은 시간 큰 사고(?)없이 잘 넘기고 퇴직을 해야 연금을 받으면서 노년기를 편안하게 보낼 수 있다는 것만 생각한다. 60이 넘어 구체적으로 무엇을 하며 하루를 보낼 것인지에 대해 꼼꼼한 준비를 하고 있는 사람은 드물다.

공직을 은퇴한 지인 중 한 사람은 2~3년 동안 정말 무엇을 해야 할지를 몰라서 여기저기 기웃거렸다고 했다. 베이비부머 세대들의 현직 은퇴 인구가 급증하면서 몸은 편하지만 마음은 그다지 유쾌하지 않은 시간을 보내는 이들을 종종 만나게 된다. 그들이 하는 말은 한결같다. 직장생활 시절엔 문득 문득 은퇴 후 어떻게 살 것인가에 대한 질문을 스스로에게 던지기도 하지만 문제는 진지하게 인생 2막에 대한 고민을 할 수 있는 시간적 여유조차 없이 바쁜 시간을 보냈다고 말한다. 성과를 요구하는 직장에서 동료들에 비해 뒤처지거나 조기 퇴직이나 명예퇴직을 당하지 않기 위해 열정을 쏟다 보니 정작 자신의 삶은 돌보지 못했다는 식이다.

　적지 않은 사람들이 전문가들로부터 40대부터 인생 2막 준비를 해야 한다는 말을 아무리 들어도 나이들기 전까지는 그저 남의 일쯤으로 여긴다. 아파트 엘리베이터 안에서 시장바구니 들고 이웃집 할머니와 대화를 나누는 60대 초반의 남성이나 지하철 안에서 시집간 딸과 손자 손녀 얘기를 주고받는 할머니들, 아파트 경비실 입구 의자에 앉아 하릴없이 경비아저씨와 대화를 주고받는 노인들을 종종 보지만 자신에게도 그런 날이 올 거라는 것에 대해 실감하지 못한다. 시쳇말로 '꼰대'라고 부르는 나이가 자신에게도 현실이 될 거라는 생각은 아예 하지 못하는 것이다.

　명퇴나 은퇴 후 아무것도 할 게 없어 방황하는 그 하루는 어느 날 갑자기 온 것이 아니었다. 어느 정도는 예고된 일이었다. 그럼에도 불구하고 자신의 삶에서 무엇이 중요한 것인지를 잊고 있었고 무엇을 하며 어떻게 살 것인지에 대한 준비가 전혀 없었던 것이다. 눈앞의 현실에 치이다 보니 그런 생각을 할 여유조차 없을 수도 있고 머릿속으로는 언젠가 자신도 노인이 될 거라는 것을 알긴 하지만 그런 미래가 피부로 느껴지질 않는다. 내 삶에서 중요한 것이 무엇인지를 생각해 보지도 않았고 문득 그런 생각이 떠올라도 냉정하게 진지하게 고민할 여유조차 갖지 못하고 곧장 현실에 파묻히게 되는 것이다.

버킷리스트가 무엇이냐고 물어보면 돌아오는 답은 셋 중 하나다. "난 그런 거 생각해 본 적이 없는데,"와 "있긴 있는데 아직 정확하게 정하질 못했어." 그리고 "하나는 ○○○하기, 다음은 ○○○○가 되어 보는 거."라고 말한다. 세 번째의 답을 내놓는 이는 극히 드물다. 이 중에서도 첫 번째 답을 거침없이 하는 이들의 경우 그들은 마치 '나는 지금 열심히 살고 있어. 이거면 되는 거 아냐. 버킷리스트 따위가 뭐 그리 중요해'라고 말하는 것 같은 느낌을 지울 수가 없다. 과연 지금 자신의 일에 만족하며 최선을 다해 열정적으로 산다고 해서 그게 전부일까? 30년 후 '난 왜 그때 이런 생각을 못했지'라고 후회할 일은 전혀 없을까?

누군가는 자만에 길들여져서, 또 누군가는 늙는다는 그 자체를 거부하고 싶어서 버킷리스트 같은 것은 생각조차 하지 않으려고 할지도 모른다. 거부하든 거부하지 않든 우리는 자연의 이치를 거역할 수는 없다. 시간이 흐르면 우리 모두 늙어간다. 어느 날 욕실 거울에 비친 자화상을 보면서 흰 머리가 나고 눈주름이 그어진 50대의 얼굴이 지금의 나라는 자각을 하는 순간이 찾아온다. 그때라도 노년인생을 준비하는 사람이라면 그나마 괜찮다. 현직에서의 은퇴가 10년도 남지 않았는데 한 직장에서 천 년 만 년 보낼 것처럼 미래에 대한 아무 생각 없이 하루하루를 보내는 이들도 있다.

살아있는 동안에 한 번은 꼭 해야 할 것들

50, 60세대가 아닌 20, 30세대라고 할지라도 반드시 짚고 넘어갈 한 가지 인생지식이 있다면 그것은 바로 버킷리스트에 대한 답을 구해야 하는 정확한 이유를 아는 것이다. 이 책에서 내가 말하고자 하는 핵심 테마인 버킷리스트는 지금 내가 뭔가 부족해서 삶에 만족하지 못해서 찾는 것이 아니다. 앞으로의 삶을 어떻게 하면 더 알차고 건강하고 멋지게 살 수 있을까에 대한 스스로의 답을 찾는 일이라는 것이다.

100세
무엇으로 살 것인가?

　벌써 7년 전의 일이다. 출판사의 요청으로 국내외 유명인물들의 성공한 삶을 재조명하는 책을 쓰고자 자료를 모으던 중 나에게 노년의 길을 생각해 보게 한 인물이 있었다. 미국의 전설적인 삽화가로 남은 앨 허시펠드(Al Hirschfeld)다.

　100세 생일을 5개월 정도 남겨둔 2003년 1월, 99세의 나이로 생을 마감한 허시펠드는 풍자만화가로 무려 75년 동안 뉴욕타임즈의 드라마와 뮤지컬 비평란의 캐리커쳐를 그린 인물이다. '화선(畵線)의 왕'으로도 불렸던 그의 일화들을 굳이 일일이 말하지 않아도 될 만큼 유명세는 대단했다. 다만 나의 관심을 끌었던 것은 세상과 작별을 하기 전까지도 그는 매일같이 오전 10시부터 오후 3시까지 한 손에는 붓을 들고 다른 한 손에는 쿠키를 들고 작업을 했다는 점이다. 그 나이에 돈이 없어서 더 유명해지고 싶어서 그림을 그리진 않았을 터였으니까.

그의 삶을 짧게나마 정리를 하면서 감동을 했고 나 또한 저렇게 살고 싶다는 다짐과 갈망을 하게 됐다. 허시펠드의 유명세 때문은 결코 아니다. 그만큼 예술을 사랑하고 열정적이었다는 것에 놀랐고 무엇보다도 부러운 것은 건강을 잘 지키면서 자신이 좋아하는 일을 즐겼으니 노년기의 진정한 행복을 제대로 누린 흔치않은 인물이었다는 점이 내 마음을 움직인 것이다.

소설을 쓰기 위해 글쓰기와 관련된 직업세계로 발을 들여놓은 후 어느새 30여 년의 세월이 흘러갔다. 먹고 살아야 한다는 핑계로 작업에만 몰두하지 못했던 나에게 허시펠드는 나의 삶을 다시 돌아보게 하는 계기가 됐다. 지금까지 나는 무엇을 해온 걸까? 바쁘게 살고 있다는 것 하나만으로 내 삶이 결코 빗나가지 않았다고 스스로를 위로하면서 가끔씩은 적당히 분위기 있는 카페에 들러 술을 마시고 지인들을 만나 일상의 대화를 나누고 일 년에 한두 번 해외여행을 가는 것이 정말 내가 원했던 삶이었는가에 대해 묻지 않을 수 없었다.

최근 들어 허시펠드에 이어 나를 놀라게 한 또 한 사람은 호주의 현역 최고령 무용가 겸 안무가인 아일린 크래머(Eileen Kramer)다. 최근 크래머는 자신의 만 103번째 생일에 직접 고안한 특별무대를 계획해 전 세계적으로 화제가 됐다. 생각해 보라. 백 살이 넘은 여성이 안무를 기획하고 또 자신이 직접 무대에 선다는 것이 얼마나 멋진 일인지를. 그녀는 24살 때부터 춤을 추기 시작하여 79년을 무용과 함께 하는 세월을 보내온 것이다. 문화 예술계에는 50년 이상 창작 활동을 해온 예술인들이 많다. 다만 허시펠드와 크래머의 삶에서 우리가 벤치마킹할 것은 그들이 예술활동에 빠져온 시간만이 아니라 노년기에 건강한 몸으로 자신이 가장 좋아하고 가장 잘 할 수 있는 일을 하고 있다는 점이다. 나이는 숫자에 불과하다는 말은 바로 이들을 두고 하는 말이 아닐까 싶다.

허시펠드를 알게 된 그 즈음부터 시니어들을 대상으로 강의를 하기 시작했다. 대다수의 수강생들은 50, 60대다. 그들보다 인생을 덜 산 내가 인생이 어쩌고저쩌고 하면서 시니어 인생은 어떻게 살아가야 한다는 사설을 늘어놓는 일이 많아졌다. 이를 위해서 다양한 시니어들을 인터뷰하기도 하고 자료도 찾는 것은 당연한 일이었다. 이런 과정에서 나 스스로에 대한 반성이 생겨났고 30대 초반시절부터 내가 꿈꾸던 삶을 보다 구체적으로 그리는 계기를 마련했다.

사람마다 꿈꾸는 삶은 제각각이다. 젊은 시절엔 자신의 꿈은 물론이고 돈과 명예도 함께 추구한다. 꿈이 있어도 그것을 이루려면 최소한의 경제적 비용이 뒤따라야 하고 돈이 없으면 삶 자체가 힘들고 흔들린다. 그러니 돈을 떠나서는 그 무엇도 생각할 수 없는 시대다. 여기에 이왕이면 다홍치마라고 사회적 지위로 통칭되는 명예도 함께 얻길 소망한다. 이는 욕심이 아닌 인간으로서 당연한 욕구다. 이 세상에 태어나 단 한 번의 삶을 살아가는데 누구인들 존재감 없이 보람 없이 이름 없는 들꽃처럼 온갖 세파 다 겪으면서 살고 싶겠는가? 나 또한 그중 한 사람이다.

꿈과 돈, 그리고 명예라는 세 가지를 동시에 추구한다는 것이 쉬운 일이 아니라는 것을 우리는 안다. 그럼에도 불구하고 젊은 날에는 젊음과 패기라는 무기로 도전하게 된다. 여기에 또 한 가지 같이 병행되어야 하는 것이 있다면 결혼을 통한 가정을 이루는 것이다. 물론 결혼은 선택이라는 말이 보편화된 시대가 되었으니 적어도 세 가지를 향한 열정을 불사르는 삶이 30, 40대의 현실이다. 문제는 각자의 능력과 처한 환경에 따라서 세 가지, 네 가지 욕구가 원하는 대로 충족되어진다는 게 참 어려운 일이라는 것이다. 우리의 삶은 나의 의지와는 다르게 예측불허의 불운과 행운까지 작용을 한다. 대다수의 사람들이 나이가 한두 살씩 들어가면서 삶의 무게가 무겁다는 소리가 나오고 젊은 날에 가졌던 서너 가지의 보편적인 욕구 중 하나둘씩 포기하게 되는 이유이기도 하다.

인생의 절반을 넘어서는 나이 40대 중후반에서 50대 초중반이 되면 사람들은 각자의 삶을 중간점검하는 시간을 갖게 된다. 나는 어떻게 살아왔는지 그리고 앞으로 어떻게 살아갈 것인지에 대해서. 앨 허시펠드를 알게 되면서 반성의 기회를 갖고, 아일린 크래머의 103세 공연 소식을 통해서 앞으로의 삶에 용기를 갖는 나 역시 마찬가지이다. 단 한 가지 잘 결정했다고 생각되는 것은 나의 인생 2막은 내가 죽는 날까지 즐기듯 좋아하면 잘 할 수 있는 것이 무엇인지를 찾았고 그것을 어떻게 해나갈 것인지에 대한 밑그림을 그렸다는 것이다.

시니어들이 모이면 우스갯소리로 하는 말들이 있다. 돈, 학력, 지위, 미모 이 모든 것들은 나이가 들어갈수록 의미를 잃어가거나 또는 평준화된다는 것이다. 그래서 나이가 들면 모든 이들이 건강을 1순위로 추구하게 된다는 그럴듯한 논리다. 틀린 얘기는 아니다. 다만 그 건강을 잘 지키려는 노력만큼이나 건강한 심신으로 무엇을 하며 살 것인가를 고민하고 결정하는 것은 정말 가치있고 소중한 일이다.

생각 정리할 시간은
갖고 삽니까?

　한 경영학 전문가가 성공한 예술가나 기업인들에게는 다섯 가지 공통된 생활습관이 있었다면서 그것을 간략하게 소개한 글을 SNS에서 본 적이 있다. '아침 일찍 일어나기', '산책하기', '낮잠 자기', '수다 떨기', '일기쓰기'였다.

　사실 일상이나 다름없는 실천 항목들은 아주 특별한 것이 아니다. 누구든지 얼마든지 쉽게 실행에 옮길 수 있는 것들이다. 다만 많은 사람들이 그 다섯 가지를 규칙적으로 실천하지 않는다는 것이다. 이 실천방법들이 나에게 보다 흥미롭게 다가온 것은 남녀노소를 불문하고 누구에게나 유익한 것이지만 특히 중장년층이나 노년층 시니어들에게 아주 잘 어울리는 것이고 건강하고 행복한 삶을 만들어준다는

데 있었다. '바로 이거야'라고 느끼는 순간 나는 이 습관들에 대해 WHY와 HOW를 접목시키고 그 효과를 설명하는 식으로 구체적인 내용을 만들었고 내가 출연하고 있는 방송 프로그램인 '출발 이지연의 멋진 인생'의 〈박창수 브라보 마이 라이프〉 코너에서 '시니어! 이 것만 실천해도 최고의 삶이 된다'라는 테마로 소개를 한 적이 있다.

방송을 한 후 나는 마치 이 다섯 가지 습관의 행복 전도사라도 된 양 에세이와 인문학 강의 시간에 수강생들에게 전하기도 했고 가까운 지인들에게도 여러 차례 떠들어댔다. 물론 마치 누군가에게는 아주 쉬운 일이지만 또 어떤 이는 하고 싶은 마음이 간절해도 그렇게 할 수 없는 특별한 사연이 있다거나 환경에 처해 있을지도 모른다는 생각을 하곤 한다. 그럼에도 불구하고 다섯 가지를 다 못하더라도 반드시 이것만은 꼭 했으면 좋겠다고 강조하는 한 가지가 바로 '산책'이다.

하루 30분 정도 산책하는 것은 자연스럽게 걷기운동이 되어 우리에게 기본적으로 필요한 운동량을 해결해 주는 동시에 맑은 정신으로 생각을 정리할 수 있게 해주는 두 가지 효과를 얻을 수 있는 일이다. 기업인들과의 인터뷰가 일의 일부인 만큼 오랫동안 지속해온 나는 '산책' 효과에 더 큰 확신을 갖는 입장이다. 소위 성공했다고 하는 기업인들에게서 실제로 그들이 이른 아침 산책을 즐긴다는 얘기를 들었기 때문이다.

우리는 누구라고 할 것 없이 하루를 바쁘다고 소리치면서 시간에 쫓기듯이 보낸다. 그 과정에서 '앗! 그걸 빼먹었네'라는 아쉬움과 자책의 탄성을 지른다. 자신이 꼭 하겠다고 마음먹었던 해야 할 일들을 놓치고 만 것이다. 그것들 중에는 며칠 전부터 여름에 입었던 자켓을 세탁소에 맡기거나 베란다에 있던 화분에 물을 줘야 하는 소소한 일들도 있지만 듣고 싶은 강의 수강신청 접수나 친구 아들의 결혼식 또는 1년에 한 번 정해진 건강검진 일정 같은 중요한 것들도 있다.

산책은 집 근처 가까운 공원이나 한적한 코스를 택하면 좋다. 콧노래를 부를 수 있을 만큼의 호흡을 유지하는 속도로 걸으면 된다. 손을 가볍게 앞뒤로 흔들어 주고, 뒤꿈치가 땅에 먼저 닿는 식의 걷기는 운동효과를 높혀 준다. 이 과정에서 우리는 복잡해 있던 머릿속을 하나둘씩 정리하는 시간을 갖게 된다. 오늘 하루는 시간대별 해야 할 일들은 어떤 것이고, 지금 반드시 결정해야 할 것에 대해 생각을 하고 매듭을 짓게 된다. 열린 공간에서 다른 이들의 시선을 의식하지 않은 채 머릿속에서 비우고 정리하고 계획하는 기회를 갖게 되는 것이다. 그냥 걷기만 해도 머리가 맑아지고 개운한데, 걷기운동도 되고 그날 할 일 정리도 되니 얼마나 좋은 일인가?

단 50대 이상이 되면 조심해야 할 게 있다. 너무 이른 새벽 산책은 좋지 않다. 특히 환절기에는 실내외 온도차이가 커서 뇌출혈 같은 갑작스러운 사고를 당할 수가 있다. 특히 여름에서 가을로, 가을에서 겨울로, 겨울에서 봄으로 넘어가는 시기에는 산책하는 시간대 선택에 신경을 써야 한다. 이를테면 겨울로 접어드는 시기에는 해 뜬 후, 또 한겨울에는 온도가 낮 기온이 올라간 점심시간대에 해야 한다.

무엇이든 처음에 길들여지기가 힘들지 습관이 되면 오히려 안 하는 게 불편한 일이 된다. 산책도 그중 하나다. 무엇보다도 걷기운동을 꾸준히 하다가 하지 않으면 몸이 개운하지 않다는 것을 느끼게 된다. 나의 경우 10여 년 전부터 산책을 즐기는 산책 마니아다. 일주일에 4~5회는 집에서 가까운 산의 둘레길이나 하천변의 산책로를 걷는다. 다만 봄에서 가을까지는 규칙적으로 잘 하다가도 날씨가 추운 겨울이 되면 그 횟수가 줄어들고 규칙적이지 못할 때가 종종 있다. 그럴 때마다 몸에서 신호가 온다. 걸어야 한다고.

강제적으로라도 스스로 걷게 할 요량으로 나는 몇 가지 묘안을 선택했다. 그것은 집 근처의 CD기를 이용하기보다는 두세 정거장 떨어진 곳의 은행을 가고 가격에 큰 차이가 없음에도 불구하고 집 근처의 마트에서 구입해도 되는 물품을 늘 2킬로미터쯤 떨어진 곳의 마트에 가서 구입하는 것을 고수하는 방식이다. 걷는 즐거움에 빠지게 되면 이런 것들은 곧 이상이 된다.

중장년층과 노년층들을 위해 산책을 걷기운동에 비중을 두어 말하다 보니 독자 중에는 지금 '나는 젊은데'라고 생각하는 이들도 있을 것이다. 건강을 자부할 만큼 나이가 젊다고 할지라도 승용차로 출퇴

근을 하거나 활동 시 차를 타고 다닌다면 또는 업무로 인한 스트레스가 많은 사람이라면 당신에게 산책은 더욱 중요한 습관이 되어야 한다는 게 나의 지론이다. 긴장의 완화가 지속되는 가운데 생각의 정리가 이루어지기 때문이다.

살아있는 동안에 한 번은 꼭 해야 할 것들

여전히
급하게만 살 것인가?

횡단보도를 건널 때 신호등의 파란불이 들어오기 바로 직전에 마치 도망치다시피 횡단보도를 뛰어가는 노인들이 의외로 많다. 때로는 아예 신호등을 무시하고 길을 건너는 노인들도 종종 보게 된다. '대체 무엇이 저리도 바쁜 걸까?'라는 의문과 동시에 '저러다 사고라도 나면 어쩌려고……,'라는 염려가 뒤따른다.

한번은 여러 사람들이 모인 자리에서 이 얘기를 했더니 의견이 분분하다. 기력이 쇠약하다 보니 신호등이 파란불에서 빨간불로 바뀌는 시간 내에 횡단보도를 건너지 못하기 때문에 그럴 수도 있고, 특별한 이유도 없는데 '빨리빨리병'(?)이 더 심해졌기 때문이란다. 또 신호등 따위는 무시해도 좋다는 무개념주의자일 수도 있단다. 첫 번째 말에도 이해는 되지만 나는 두 번째에 무게를 싣는다.

글쓰기 강의를 하면서 가장 먼저 느꼈고 여전히 안타깝게 여기는 것 중 하나가 다름 아닌 글 능력을 빠르게 익히고자 하는 이들이 적지 않다는 것이다. 첫 출석을 하여 상담 시에는 정말 글이 쓰고 싶어서 찾아왔고 실력이 없지만 열심히 배워보겠다고 말한다. 그럴 때마다 나는 당부한다. 글쓰기는 학력이 높고 낮고 지능지수가 좋고 나쁘고 이런 것과는 무관하다고. 하버드 대학교를 나와도 꾸준히 쓰지 않으면 완성도를 높힐 수 없는 작업이니 시간을 두고 지속적으로 오랫동안 쓰겠다는 다짐을 해달라고 말한다. 하지만 나의 바람은 여지없이 빗나간다. 열 명 중 서너 명은 3개월 6개월을 넘기지 못하고 글쓰기를 포기한다.

나로 하여금 '빨리빨리'라는 속도전을 통한 성과주의를 추구하는 우리 문화에 대해 다시 한 번 생각을 하게 하는 이들이 또 있다. 그들은 국내에서 일하는 외국인들이다. 20여 년째 중소기업전문 경제잡지에 기사를 쓰면서 그간 4년 넘게 매월마다 한 번씩은 한국에 와서 일하는 외국인들을 만났다. 어떤 이는 웃으면서 또 어떤 이는 진지하게 꼬집는 것이 가장 먼저 배운 말이자 자기도 모르게 익숙해진 말이 바로 '빨리빨리'란다.

우리나라 사람들은 중국의 '만만디'를 적잖게 비난하듯이 말한다. 게으른 민족이라는 식이다. 중국은 '만만디', 한국은 '빨리빨리'라는 정반대되는 국민성을 드러낸다. 하지만 어느 것이 옳고 어느 것이 그르다는 잣대를 들이대는 것은 위험한 발상이다. 일에 따라서 상황에 따라서 빠르고 느리고는 다르게 적용되어야 하며, 또 사람에 따라서 어떤 이는 느긋한 성격이어서 느릴 수도 있고 성격이 급하거나 부지런한 이는 빠를 수도 있으니 개인의 차로 여기면 될 일이다. 모든 사람들이 '빨리빨리' 아니면 '만만디' 어느 하나만을 추구해야 한다는 원칙이나 정의는 없는 것이다.

의학전문가들은 말한다. 우리의 '빨리빨리' 문화가 사람에 따라서는 자칫 심리적 부담이나 병으로 발전할 수도 있다는 것이다. 남들은 빠른데 나만 뒤떨어지는 것 같아서 불안하기도 하고, 빨리 못해서 긴장과 초조한 상황이 계속되면 불안증세와 우울증이 뒤따를 수도 있다는 것이다. 설령 질병으로 발전하지 않아도 빨리빨리로 인한 조급한 마음은 반복적인 스트레스가 되어 안절부절못하는 증세가 생길 수 있으며, 이미 질병이 있는 사람일 경우 조급함이 치료에 방해가 된다고 경고한다.

그간 우리 사회의 빨리빨리 문화속에서 자신도 모르게 길들여졌다고 치자. 젊기 때문에 또는 열정이 남달라서 그랬다고 하자. 다만 우리는 이쯤에서 한 가지 의문을 갖는 것도 나쁘지 않을 것 같다. 뭐든지 남보다 빨리 해야 한다는 문화 속에서 우린 정말 행복했을까?

전쟁의 폐허속에서 경제가 급속하게 다시 일어서고 방직산업과 건

설업에 이어 자동차, 전자, 정보통신, 반도체로 이어져온 소위 '한강의 기적'이 지난 반세기동안 지속되어 이어져왔다. 빠른 경제성장 이면에는 우리가 놓치고 지나온 삶에 대한 진지한 고민의 부재가 있다. 우리 사회가 인간답게 사는 길, 가치있게 사는 길, 아름답게 늙어가는 길에 대한 방향제시에 게을렀고, 국민들 역시 이에 대한 자기 성찰과 탐구가 부족했다는 것이다.

이제는 호흡을 가다듬어보는 시간을 가져야 할 때이다. 100세 시대를 100미터 달리기하듯이 달려간다면 놓치고 가는 것이 너무 많아 후회스러울 것이고 숨이 너무 가빠서 쓰러질 수밖에 없다. 이제는 알레그레토(allegretto)에서 벗어나 모데라토(moderato)를 지향하되 때로는 조금 더 천천히 안단테(andante)로 걸어가는 삶을 즐기는 것은 어떨까? 만일 당신이 50세 이상의 시니어라면 생활 속에서 '느림의 미학'이라는 것을 즐겨볼 필요가 있다. 적어도 정말 자신의 삶에서 중요한 무엇을 놓치고 가는 일은 없을 테니까 말이다.

중국의 서른 살 시한부 여교수였던 위지안(于娟)이 남기고 간 책 '오늘 내가 살아갈 이유'에는 이런 문장이 있다.

"인생이란 늘 이를 악물고 바쁘게 뛰어다니는 사람보다는, 좀 늦더라도 착한 마음으로 차분하게 걷는 사람에게 지름길을 열어주는지도 모른다는 것을."

'행복과 풍요'는
어디에 있을까?

행복은 늘 가까운 곳에 있다고 한다. '어리석은 자는 멀리서 행복을 찾고, 현명한 자는 자신의 발치에서 행복을 키워간다'는 시인 제임스 오펜하임의 명언처럼 행복은 이미 우리에게 와 있는데 다만 우리가 그걸 알아차리지 못할 때가 많은 것은 아닐까. 풍요도 마찬가지인 것 같다.

국가 경제성장률 등 경제수준을 따질 때 흔히 1인당 GDP를 비교한다. 우리나라는 2016년 기준 2만7천 6백33불로 3만불 시대가 눈앞이다. 순위로 따지면 세계에서 29위로, 인구수나 우리나라 면적에 비하면 꽤 높은 수준이고 물질적으로 우리는 먹고 사는데 나름 풍요롭다. 그런데 왜 사람들이 느끼는 행복도는 낮은 것일까? 글로벌 리서

치 기업 유니버섬이, 전 세계 57개국 20만 명의 행복도를 조사한 결과에 따르면, 우리나라 직장인 행복지수가 49위로 조사됐다. 일과 일상생활이 조화를 이루지 못하는 게 주원인이라고 한다. 한국인에게 행복의 조건이 뭐냐고 물어보면 대다수가 건강이라고 답하지만, 이 못지않게 수입이나 재산을 꼽는 사람들도 적지 않다. 시니어들도 이 부분에서는 마찬가지다.

우리 시대 시니어들을 보면 적지 않은 사람들이 '지금 나는 그렇게 행복하지도 않고 풍요롭지도 않다'라는 말을 하거나 이런 생각을 갖고 있다. 또 지나치게 자기 위주의 사고나 집단이기주의에 휩쓸리면서 사회구성원으로서의 소통에 스스로 장애요인을 만들기도 하고 돈과 물질에 집착하는 경향이 강하다 보니 진정한 풍요가 무엇인지 느끼지 못하는 이들이 많다.

물질적인 것들이 누구에게나 삶에서 중요한 부분이긴 하지만 그것만으로 행복과 풍요로움을 느낄 수 있는 것은 아니다. 행복과 풍요에 대한 생각이나 느낌도 사람들마다 다 제각각이다. 특히 그 사람의 가치관이 많은 부분을 좌우한다는 것을 부인하기 힘들다.

행복과 풍요에 대해 불만족인 사람들에게 나는 강상중 작가의 철학과 인생관을 들여다보라고 권유하고 싶다. 재일한국인 학자 강상중 작가는 올해 67세로 구마모토현립극장 관장이자 도쿄대 명예교수다. 그는 일본 사회에서 비판적 지식인으로서 영향력을 발휘하는 인물로, 특히 매스컴에서 냉정한 태도와 세련되고 지적인 분위기, 그리고 호소력 강한 목소리로 많은 팬을 확보한 스타 지식인이기도 하다. 일본에서 태어나고 자란 그는 교포 2세로 재일한국인 최초로 도쿄대 정치학 정교수가 됐다. '나를 지키며 일하는 법'의 저자인 그는 우리 나라 사람들에게는 '고민하는 힘', '살아야 하는 이유' 등의 저자로 잘 알려져 있다. 재일 한국인 최초로 도쿄대 정치학 정교수를 지낸 지식인이라는 그 자체만으로도 입지전적인 인물이지만 그의 젊은 시절을 엿보는 것도 중요하다. 젊은 시절 그도 일본 사회에서 한국인으로 살면서 느끼는 갈등과 정체성으로 적잖게 고민을 했다고 한다. 학계에 발을 내디딘 것도 나이 40이 다 되어서다. 따돌림 문화가 심한 일본 사회에서 일단 재일동포 출신인데다 그의 나이가 60대 후반이니까 40여 년 전에는 글로벌 경영이 일반화된 시대는 아니었다. 그러다 보니 일본 사회에서 취직이 더 힘들었다. 일본의 명문대학교 중 하나로 꼽히는 와세다대학교를 졸업하고 소니에 지원했는데, 아예 연락이 없었고 한다. 하지만 그는 훗날 보란 듯이 소니 임원들 앞에서 강의를 했다.

강 작가의 부모님의 직업은 폐품 회수 일이었다. 폐품 회수라는 것이 사회의 순환 구조 자체를 취급하는 일이기 때문에, 그 속에서 세상을 볼 수 있었고 삶의 진리와 만날 수 있었던 것이다. 사회에 이익이 되는 것과 무익한 것, 유해한 것과 무해한 것, 재활용되는 것과

되지 않는 것, 낡아도 가치가 있는 것과 낡으면 쓸모없어지는 것들에 대한 남다른 혜안이 생긴 것이다. 그의 가치관이나 인생관을 형성하는 데 많은 영향을 미친 것임에 틀림이 없다. 그가 말하는 행복 찾기의 첫 단추는 '지금의 나를 긍정적으로 받아들이고 자족하자' 는 것이다.

행복하지 않다고 생각하는 사람들의 공통점은, 현재의 자신에 대해 부정적이고 만족을 느끼지 못한다. 하지만 있는 그대로를 인정하면 자신의 부족함에 대해 잘 알게 된다고 한다. 노력으로 변화시킬 수 없는 것과 변화시킬 수 있는 것을 인정하고 있는 그대로의 자신을 긍정으로 받아들이는 것이다.

강 작가도 과거 자신이 재일한국인으로 태어난 상태를 뛰어넘으려 했기 때문에 무리가 따랐다고 한다. 언제부터인가 '나가노 데쓰오'라는 일본 이름에서 '강상중'이라는 이름으로 바꾸면서, 자연스러움에 가까워졌다고 고백했다.

우리는 지금 내가 갖고 있는 능력이나 현실에 스스로 긍정적인 평가를 내리면 된다. 나는 ○○○이고 글쟁이다. 내가 잘 생긴 미남배우를 부러워하고 돈 많은 기업인을 부러워해서 뭐하나. 이렇게 나 자신을 있는 그대로 받아들이면 된다. '나는 왜 재산이 이것밖에 없지', '누구는 비싼 옷 샀다는데 나는 언제 그런 거 사 입지?' 타인과의 이런 비교를 통한 부정적 사고를 하지 말아야 한다. 한순간 복권으로

부자가 되는 꿈도 자제해야 한다. 부러워하려면 차라리 착한 일 하는 사람, 남에게 모범이 되는 사람은 부러워해도 좋다. 가치 없는 일에, 내 한계를 뛰어넘을 수 없는 부분을 부러워할 필요는 없다. 지금 내가 가진 것에 만족할 때, 스트레스를 받지 않고 편안한 마음이 유지되기 때문이다.

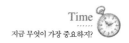
졸혼과 황혼이혼이
전부는 아닐 터이다

아내로부터 졸혼 선언이 터졌다. 잔뜩 긴장한 남편은 애정공세와 함께 자신의 변화를 다짐한다. 그 후가 순탄하지만은 않다. 어느 날 아내는 홧김에 과감한 쇼핑을 감행하고 쇼핑백을 본 남편은 어디에서 난 것이냐면서 돈은 자신이 번 것이라고 큰 소리를 친다. 하지만 아내가 하는 말은 그야말로 폭탄급이다. 퇴근도 없이 34년 간 가정부로 일하며 내가 모은 돈을 내가 좀 쓰겠다는데 무엇이 문제냐는 식으로 받아친다.

공중파 방송의 한 드라마에 나온 이 스토리는 황혼이혼과 졸혼으로 어수선해져가는 대한민국 60대, 70대 부부들의 단면을 보여준다. 2천년대 들어 황혼이혼이 증가하더니 최근엔 졸혼이 유행병처럼 번질 기세다. 강의를 하면서 만나게 된 60대 후반의 한 남성은 요즘은 주변 지인이나 친구들 사이에서 황혼이혼이나 졸혼을 남자가 먼저 제안하는 사례가 늘어나고 있다는 얘기를 했다. 그는 가장 큰 요인은 경제주도권과 성격에서 비롯된다면서 공직에서 은퇴한 자신의 경우 연금이 통장으로 들어오는데 아내가 생활에 부족함이 없도록 안방 도자기 항아리에 돈을 채워놓곤 한다.

황혼이혼의 원인으로는 사회변화에 따른 여성의 사회·경제적 지위 향상, 평균수명 증가, 재산분할청구권 도입, 가정 폭력, 자기 행복 중심의 가치관 확산, 이혼에 대한 사회 인식의 변화 등 여러 가지 요인을 꼽을 수 있다. 이에 대한 일반적인 시각은 과거 한국사회의 특성이었던 남성이 주도하는 가부장제 문화에 억눌려 살아온 여성들의 독립선언이라는 측면이다. 최근 들어서는 또 다른 변화가 일고 있다. 황혼이혼을 먼저 제안하는 측이 여성이 절대적이지 않다는 것이다. 남성의 비율이 증가하고 있다고 한다. 어차피 자식들은 다 출가했으니 양육에 대한 부담이 없는데다 소유재산과 연금을 절반이라도 제대로 나눠서 남은 인생이라도 누구의 간섭 받지 않고 자신이 살고 싶은 대로 살겠다는 의지가 강해진 것이다.

졸혼! 법적이혼은 하지 않고 각자 거처를 정해 살면서 서로의 사생활에 간섭하지 않고 자유롭게 사는 것을 말한다. 결혼의 의무에서는 벗어나면서도 법적 부부관계는 유지한다. 일본 작가 스기야마 유미

코의 '졸혼을 권함'에서 시작된 것으로 알려지는 졸혼문화는 한 남성 탤런트가 방송에서 졸혼을 공개한 후로 우리 사회에서도 시니어들 사이에서 화두가 되고 있다. 졸혼에 긍정적 입장인 사람들에겐 그만한 이유가 있다. 남의 눈치를 중시여기는 한국인들의 경우 황혼이혼을 하자니 주변의 시선이 불편하고 자식들 보기도 난처한데다 자신 스스로의 명예를 깎아먹는 일이라고 여기는 이들이 적지 않다. 졸혼은 이같은 문제로부터 자유로워진다. 특히 이혼을 하면 은퇴한 배우자가 사망할 경우 연금을 받을 수 있는 권리가 없지만 졸혼은 연금수급에 영향을 미치지 않는다.

황혼이혼이나 졸혼이 비단 일본이나 우리나라에서만 나타나는 특이한 현상은 아니다. '이탈리아 제3세대 관측소'가 발표한 보고서에서는 이탈리아 시니어들 중 해마다 1만6천 쌍이 황혼이혼을 선택하고, 5천 쌍 이상이 황혼결혼식을 올린다고 한다. 이탈리아의 경우 식만 올리지 않았을 뿐 정식부부나 다름없는 사실혼 관계인 노년부부도 상당수를 차지하고 있는데, 전체 사실혼 부부 4쌍 중 1쌍이 60세 이상 커플로 알려진다.

여러 나라에서 졸혼이 트렌드처럼 번진다고 해서 여기에 긍정적인 측면의 견해를 실어주는 것에도 문제가 있어 보인다. 당장 이혼을 피하는 미봉책에 불과하다는 지적도 만만치 않다. 실제로 사생활 보장 등의 약속이 제대로 지켜지지 않거나, 부부 중 한쪽이 '이럴 바엔 이혼하지, 졸혼은 말장난'이라고 나서면서 결국 이혼하게 되는 사례도 적지 않기 때문이다.

노년기 부부의 행복한 삶은 무엇일까? 두말할나위없이 이혼도 졸혼도 하지 않고 서로에게 조금 서운하고 부족한 게 있다할지라도 함께 사는 것이 아닐까? 어느 화가가 그린 노년기 부부의 그림처럼 노을이 붉게 물드는 저녁, 서로의 손을 잡고 산책을 하고 또 벤치에 앉아 서로의 등에 의지한 채로 멀리 기울어가는 황혼을 함께 바라보는 그런 모습은 어떨까?

어느 70대 일본 노부부에게서 들은 부부사이에도 경제생활의 철저한 분배의 원칙이 필요하다는 얘기가 생각난다. 부부는 연금을 받아 생활을 하는데 매월 연금이 들어오면 먼저 공동생활비를 따로 빼놓은 후 부부가 용돈으로 일정금액을 각각 50대 50으로 나눈다. 그리고 남은 돈은 저축을 하는 방식이다. 이럴 경우 서로 돈을 주거나 타서 쓰는 식의 불편한 일은 발생하지 않는다는 얘기다. 그런데 재미있는 일은 같은 금액을 나누었는데도 아내는 모임이 많고 활동적이다 보니 늘 용돈이 부족하고 남편은 그 반대여서 용돈이 남는단다. 고지식하고 말주변 없는 남편이라면 "그 나이에 무슨 돈을 그렇게 많이 쓰느냐."고 타박을 할지도 모른다. 하지만 남편은 자신이 쓰고 남은 용돈 중 일부를 매월마다 아내에게 선물로 준단다. 분배는 철저하되 사랑과 배려의 마음은 늘 배우자를 향하고 있다는 게 아니겠는가?

살아있는 동안에 한 번은 꼭 해야 할 것들

시간 디자인,
지금 하고 있나요?

고향 친구들과 3개월에 한 번 만나는 자리에서 적잖게 놀라운 얘기를 들었다. 우연하게 이런 저런 모임 얘기가 나오자 J가 말했다.

"나는 모임만도 열 개가 넘는다. 고등학교 때 친한 친구 모임, 조기축구모임, 초등학교동창회, 중학교동창회, 고향사람들 모임……."

자영업을 하는 그가 모임이 10개가 넘는다면 두세 달에 한 번 만나는 모임 몇 개를 예외시키더라도 매주 토, 일요일 오후나 저녁은 모임으로 시간을 보내야 한다는 얘기가 된다. 아니나 다를까. 그는 어떤 주말에는 하루 모임이 두 개씩 겹쳐서 먼저 간 곳에서 밥만 먹고 다른 모임으로 움직여야 한다고 했다. 친구의 모임에는 취미도 친구도 사회에서 만난 지인들도 포함되어 있는 등 다양한 것 같아 보였다. 워낙 자기 고집이 강한 편이라서 모임을 통해 비즈니스를 할 친구는 아니라는 것도 너무도 잘 알고 있었다. 그러기에 나로서는 그의 모임 활동이 이해되지 않기보다는 꼭 그렇게까지 여러 개의 모임을 해야 하는가? 꼭 필요한 모임 몇 개만 참석하면 무슨 일이라도 벌어지는 걸까? 라는 생각을 했다.

시니어는 20, 30대 청년이 아니다. 젊은 시절 많은 사람들과 모임을 통해 호흡하며 친목도 다지고 자신이 추구하는 소기의 목적도 달성하는 것은 그 사람의 SQ(spiritual quotient, 영성지수)를 한눈에 엿볼 수 있는 일이기도 하다. 나이가 들어서는 어떨까? 모임은 무엇보다도 시간을 전제로 한다. 친목을 위한 모임이라면 더욱 그렇다. 비즈니스를 위한 것이라면 그때그때 참여를 통해 자신의 역할이나 임무만 다하면 그만이다. 골프나 접대가 아닌 이상 의외로 단시간에 끝난다. 친목 모임은 다르다. 편안함, 친근함 속에서 관계가 유지되는 만큼 식사를 하면 차나 술이라도 한잔 나눠야 하다 보니 짧아도 두세 시간은 기본이다. 그렇다면 금, 토, 일 중 최소 이틀 정도는 이동시간을 포함해 하루에 최소 서너 시간은 모임에 할애해야 한다는 얘기다. 부지런하게 움직이면 참여하는 것은 가능하겠지만 과연 그렇게 보내는 시간에 대한 아쉬움이 없을까?

몇 년 전 독일의 중학생과 우리나라의 중학생의 한 주간 스케줄을 비교하여 보여주는 뉴스를 접한 적이 있다. 독일의 청소년들이 국·

영·수 학원을 가지 않고 방과 후 자율적으로 공부하고 체력단련을 위해 스포츠센터를 가는 날이나 악기연주나 무용과 같은 취미활동을 즐기는 날이 각각 정해져 있는 것이 새롭게 느껴지진 않았다. 우리의 아이들이 입시지옥으로 불리는 환경 속에서 수면시간도 줄여가면서 공부에만 빠져들고 있는 것은 어제 오늘의 일이 아니니까 말이다. 다만 눈에 띄는 한 가지가 있었다면 다름 아닌 주말 스케줄이었다. 월요일부터 금요일 오후까지는 자신의 주도하에 스케줄을 짜고 실천하되 주말만큼은 개인적인 시간계획을 세우지 않는다는 것이다. 가족과 함께 친척집을 방문하거나 여행을 하는 일이 잦으며 설령 외부활동이 없다고 할지라도 집안에서 휴식을 취하면서 맛있는 음식을 만들어 함께 즐기기 때문이다.

주말과 관련된 또 하나의 인상적인 사례가 있다. 한국에 들어와 국내기업에 근무하는 외국인들 중 생산직 현장 종사자가 아닌 사무직이나 전문직 종사자들이 의문을 갖는 것 중 하나가 다름 아닌 부서의 주말 단체활동이라는 얘기가 있다. 부서장이 토요일에 등산 가자고 하니 부서 직원들이 마치 사전 약속이라도 한 듯 "네!" 한다는 것이다. 주5일 근무제인 기업에서 왜 휴무일인 토요일에 직원단체활동을 해야 하냐는 것이 그들의 궁금증이자 불만이다. 주말은 가족과 함께 보내거나 휴식을 취해야 하는 시간인데 회사가 그것을 방해하는 것은 옳지 않다는 것이다.

외국 문화와 우리 문화의 단적인 비교를 하면서 주말을 가족과 함께 보내는 서구인들의 문화를 추켜세우려는 것이 아니다. 주말을 가족과 함께 보내거나 휴식을 취하는 것은 아주 지극히 당연한 일이다. 아무리 따로 국밥처럼 가족들이 각자의 생활에 바쁘다고 하지만 가능한 한 주말에는 하루 한 끼라도 가족들과 함께 식사를 하고 휴식도 취하고 주중에 시간이 없어서 하지 못한 개인적인 일들도 신경을 써야 한다. 게다가 장년기, 노년기라면 자기만의 시간을 갖고 스스로를 돌이켜보는 시간을 갖는 것도 중요하다.

일주일에 한 번씩 이틀 간의 휴무인 주말이 다가온다. 직업에 따라서 처한 입장에 따라서 주말을 활용하는 방법은 다를 수도 있다. 하지만 특별한 환경에 처한 당신이 아니라면 5일 동안 열정을 불사르면서 최선을 다한 후에 다가오는 주말을 가치있게 보내는 것이 당신의 삶을 보다 멋지게 만들어 줄 것이다. 그러기 위해서는 가족이 중심이 되고 자신의 휴식이 함께 하는 시간 디자인이 필수다. 특히 시니어라면 더더욱 가족과 자신을 함께 생각하는 시간을 갖길 권하고 싶다. 설령 싱글이라 할지라도 이런 저런 모임에 정신없이 뛰어다니기보다는 휴일만큼은 자신 위주로 시간을 활용하는 삶의 스타일을 만들어가는 게 삶을 여유있고 건강하게 만들어 줄 것이다.

전 아직
삼십대이거든요?

'당신의 버킷리스트 중 세 가지만 알려주시겠습니까?'

5개월 전에 선배, 후배, 지인, 제자, 친척들에게 문자를 보냈다. 책을 쓰는데 도움이 필요하다는 부탁과 함께. 그러자 다양한 답장이 왔다. 주문한 대로 세 가지의 버킷리스트와 왜 그것을 실행으로 옮겨야 하는지에 대해 꼼꼼하게 설명을 달아 이메일로 보내주는 이들이 있었는가 하면 '지금까지 한 번도 그런 거 생각해 본 적이 없어요'라고 문자를 보내온 사람도 있었다. 수십여 명의 문자를 받던 중 '글쎄, 그건 아닌데'라는 문자를 보내고 싶었던 이들도 여럿 있었다. 그들은 주로 젊은층이었다. 이를테면 이런 답변이 돌아왔다.

"저는 아직 삼십대인데요."

"버킷리스트는 노년에나 생각해 볼 필요가 있지 않나요?"

나에게는 자신은 아직 젊기 때문에 버킷리스트를 작성해야 할 이유가 없다는 얘기처럼 들렸다. 인문학 강의를 하는 강사이자 인생 선배의 입장에서 'WHY'에 대한 답변을 일일이 해주고 싶었지만 자칫하면 자기 주관이 뚜렷하고 개성이 강한 젊은이들에게 나이든 이의 잔소리로 들릴 수도 있겠다 싶어서 차라리 원고로 작성하는 게 낫겠다는 생각을 했고 그 때문에 이 원고를 쓰게 됐다. 젊은이들은 물론이고 이 책의 모든 독자들에게 꼭 들려줘야겠다고 벼르던 이야기 중 하나가 바로 1년 전 읽었던 책의 주인공에 관한 내용이다.

대학 강단에서 활동하는 나이 서른세 살의 미국 여성이 있었다. '내 생애 가장 아름다운 달리기'의 저자 달시 웨이크필드(Darcy Wakefield)다. 한마디로 그 나이에 아이를 빼놓고는 부러울 게 없었다. 열정적으로 사랑할 만한 마땅한 상대를 만나지 못해 결혼에 대한 환상을 접으면서 그녀에겐 한 가지 소망이 있었다. 정자은행에서 정자를 기증받아 새 생명을 탄생시키고 싶다는 것이었다. 그런 그녀에게 어느 날 갑자기 사형선고나 다름없는 ALS(Amyotrophic Lateral Sclerosis), 즉 루게릭병 진단이 내려진다. 운동신경세포만 선택적으로 파괴되는 이 질환은 주로 나이가 어느 정도 든 남성들에게서 발병한다. 달리기와 자전거 타기를 좋아했고 당당하게 열심히 착하게 살았다고 자부했던 미혼의 대학교수였던 그녀다. 만일 우리 중 누군가가 달시였다면 어떠했을까?

몇 개월 후 아니면 2~3년 후가 될지 모르지만 그녀는 죽음이라는 무서운 언어 앞에서 차분하게 자신이 해야 할 일들을 한다. 유언장을 작성하고, 부고장도 직접 작성하고, 법정대리인으로 누굴 정할지 고민한다. 이런 상황에서도 그녀는 희망을 잃지 않는다. 마음대로 움직여지지 않는 팔 다리로 수영을 하고 임신을 하고 소울메이트로 다가온 남자 스티브를 열정적으로 사랑하고 함께 남은 삶을 살아간다. 기적 같은 출산을 하고 그리고 손가락에 혼신의 힘을 다하면서 자신의 이야기를 담은 '내 생애 가장 아름다운 달리기' 책을 쓴다. 아이가 만 두 살이 되기도 전에 그녀는 세상을 떠났지만 전 미국인들을 감동시킨 그녀에게 많은 사람들은 '아름다운 영웅'이라는 찬사를 보냈다.

나이든 입장이 아닌 30대 초반의 젊은 여성이 죽음 앞에서 남아 있는 자신의 시간을 삶을 살아가고 정리하는 일은 쉽지 않은 일이다. 더욱이 자신이 간절히 원했던 임신과 출산 그리고 사랑을 이루고 떠났으니 죽음 앞에서 실천으로 보여준 그녀의 삶과 의지력은 그 누구의 버킷리스트 실행보다도 큰 의미로 다가온다.

누군가는 "나는 여전히 건강하고 나에게는 달시 같은 불운이 찾아올 리 없으니 이 또한 귀담아 듣고 싶지 않은 휴지조각 같은 얘깃거리다."라고 말할지도 모른다. 그건 각자의 자유다. 다만 내가 달시의 실화를 간단하게나마 옮겨놓은 이유는 두 가지다. 그 누구도 앞으로

자신에게 일어날 일에 대해서 감히 정확한 예측이 불가능하다는 것
이다. 그만큼 우리가 사는 현실세계는 수많은 변수가 뒤따른다. 나이
에 상관없이 버킷리스트를 생각해 보고 정한 후 실행으로 옮기는 것
이 후회없는 일이 된다.

　버킷리스트와 관련해서 평소 내가 강조하는 또 다른 한 가지는 버
킷리스트를 꼭 '죽기 전에 하고 싶은 일'이라는 고정관념에서 벗어나
라는 것이다. 건강하고 젊고 최선을 다해 살아가는 사람일지라도 '살
아가는 동안 반드시 하지 않으면 훗날 후회하게 될 만큼 정말 하고
싶은 일, 가치있는 일'에 대한 리스트를 만들고, 이를 시간적 여유를
갖고 하나씩 실행으로 옮기는 것도 좋은 방법이라는 것이다. 나이가
들면 그만큼 자신이 추릴 수 있는 버킷리스트의 수도 제한적일 수밖
에 없다. 한 세대 한 세대 새로운 세대의 이어짐은 지속되고 그런 가
운데 우리 모두는 중년이 되고, 장년이 되고, 노인이 된다. 아무리
100세 시대라고 할지라도 우리의 삶이 영원한 것은 아니니까.

Live

......

길은
펼쳐져
있다

돌아보지 마라
답답해 하지 마라
이제부터 다시 시작이다
앞을 보자
'100세 시대' 란다. 지금부터가 중요하다
길을 내 눈 앞에 펼쳐져 있다
중요한 것은 무엇을 찾아
어떻게 내일의 시간 여행을 떠날 것인지다
선택은 내가 해야 한다
내 삶의 주인공은 '나' 이니까

시니어!
나의 길을 찾다

인문학의 태동을 주도한 이들은 고대 로마의 피렌체 지식인층이었다. 당시 피렌체에 대학이 없었기 때문이라는 역설도 있지만 그들이 인문학에 빠져든 이유는 아주 간단하다. 다름 아닌 인간됨을 위해서였다. 인문학을 공부하고 중요시 여기는 것이야말로 젊은 사람들에게는 삶의 안정을 실어주고 나이든 사람에게는 마음의 평화를 주는 일로 여겼다.

몇 년 전부터 국내에서도 인문학이 유행하고 있다. '인문 경영', '소통의 인문학', '도심 속 인문학', '생활 속의 인문학' 등의 이름으로 각종 행사와 특강이 넘쳐난다. 기업에서는 유명강사를 초청하고 CEO들을 대상으로 교육을 하는 기관들에서도 소통과 리더십을 위한 인문학 강좌를 열고 있다. 중소도시의 지역단위 교양강좌에도 인문학 열풍이 불고 있다.

최근에 두드러지게 나타나는 이 같은 우리 사회의 인문학에 대한 관심은 마치 '인문학에 굶주린 사람들'(?)처럼 호들갑을 떠는 듯한 분위기다. 한편으로는 다행이다 싶은 게 투기 열풍이 아닌 공부에 빠져들겠다는 긍정의 바람이라는 것이다. 일반인들을 대상으로 글쓰기 강의를 하다 보니 나에게도 자연스럽게 인문학 강의 요청이 들어와 1년에 한두 차례는 인문학 특강을 해왔고 최근엔 특강이 아닌 프로그램으로 인문학강좌를 맡게 됐다.

'Why 인문학?'에 대한 물음에 답을 얻은 후 인문학에 빠져들어야 한다는 게 개인적인 생각이다. 그래서 첫 시간에 나는 이렇게 말하곤 한다.

"저의 인문학 강의 초점은 시니어 인생, 즉 인생 2막에 맞추고 있습니다. 우리는 100세 시대를 맞이하여 시니어들은 인생 2막을 위한 준비가 반드시 필요합니다. 나는 누구이고 나는 어떻게 인생 2막을 펼쳐갈 것인가에 대해 우리는 고민하고 각자의 길을 찾아야 합니다. 나를 알고 내가 살아가는 사회의 민낯을 알고, 그 가운데 삶의 가치와 지혜가 무엇인지를 스스로 발견한 다음 어떻게 나이들어 갈 것인가를 결정하고 구체적인 실천적 방법을 계획해야 합니다. 이를 위해 서양철학과 그들의 역사나 문화를 들여다보는 것도 좋은 일이지만 그보다도 먼저 우리는 동양, 그리고 우리의 사상과 문화를 이해하고, 우리의 역사와 사람들, 그리고 문학과 예술은 물론이고 인간관계의 사회학을 짚어보면서 실마리를 풀어볼 것입니다. 그 다음은 우리의 과거, 현재, 미래를 잇는 특별한 자서전을 기획하는 것으로 4단계 시즌강의를 마칠 것입니다.”

인문학에 접근하는 사람들을 보면서 나는 인문학을 철학과 역사에만 초점을 둔 수준 높은 학문 내지는 고상한 학문으로 여기는 이들이 적지 않다는 사실을 알게 됐다. 인문학의 기본영역이 역사, 철학, 언어, 종교, 문학 이 다섯 가지 학문으로 논의돼 온 만큼 철학과 역사를 거론하고 탐구하는 것이 잘못된 것은 아니다. 다만 나는 인문학의 편식과 사치는 추방돼야 한다는 입장이다. 우리가 외국의 고전이나 철학을 통해 역사와 문화를 배우는 것도 중요하지만 학문연구자 입장이 아닌 평범한 시민들로서는 현실의 인문학, 실천의 인문학이 우선되어야 한다고 보기 때문이다.

광복 이후 지난 70여 년 간 우리 사회가 전쟁과 가난에 이어 급속한 경제성장을 일구면서 우리 자신들도 모르는 가운데 물질이 지배하고 개인주의로 치닫는 사회를 탄생시켰고 이런 가운데 남녀노소 너나 할 것 없이 가치의 혼돈을 겪을 수밖에 없는 상황이다. 사회지도계층과 기업인, 정치인들의 노블레스 오블리주(noblesse oblige)가 없고 모럴 해저드(moral hazard)의 시대에 대한 반성이 부족한 게 우리의 현실이다.

인문학은 인간이 처한 조건에 대해 연구하는 학문 분야이며, 인문학을 통해 우리가 왜 사는지 어떻게 살아야 되는지와 같은 원초적 고민에 대한 해석과 가르침을 얻을 수 있다. 프린스턴대 철학과 교수였던 월터 카우프만의 인문학 교육의 초점은 다양한 사회현상을 설명하며, 삶의 방식을 고민하게 해야 한다고 했다. 인간다운 인간이 되기 위해서는 혼돈과 갈등이 없는 삶의 올바른 가치판단을 스스로 내릴 수 있어야 하는데 이 과정에서 잘 늙어가는 법을 깨닫게 된다고 한다.

그렇다면 인간다운 인간이란 어떤 사람을 말하는 걸까? 나는 인문학 강의를 시작할 때 가장 먼저 공자의 사상의 근간을 이루는 '인(仁)'에 대해 말하곤 한다. 공자는 타인을 아름답게 만들어주는 것, 즉 '인(仁)'을 최고의 덕목으로 삼았다. 누군가가 더 잘될 수 있게 도와주는 일 그로 인해 나 또한 마음이 즐거워지고 행복한 삶을 살아야 한다고 했다. 카우프만이 말한 인간다운 인간은 공자가 주장한 '인(仁)'과 합의일치되는 개념인 셈이다.

시니어는 그 사회의 어른이다. 학력, 지위, 경제력의 높고 낮음에서 벗어나 모든 시니어는 그 사회의 어른으로서 다음 세대들로부터 존경받는 어른으로 거듭나야 한다. 이는 나이든 어른이라서 자신의 기득권을 강조하고 유지하므로써 얻어지는 것이 아니라 모든 면에서 아랫사람들에게 모범을 보여주면서 그들이 더 건강하고 축복된 삶을 살 수 있도록 도와주는 서포터즈로 살아갈 때 자연스럽게 이루어지는 것이다. 이것이 바로 인간의 길이고 바르게 아름답게 멋지게 나이 들어 가는 길, 바로 시니어의 길인 것이다.

품 안의 자식(?),
때가 되면 독립시켜라

전 동물원 원장 출신인 칼럼니스트의 글을 매우 재미있게 읽은 적
이 있다. 아빠 곰, 엄마 곰, 애기 곰이 한 집에 산다는 노래 '곰 세 마
리' 가사는 실제 곰들의 삶과는 다르다고 한다. 아빠 곰은 수컷 무리
에 살다가 발정기 때만 암컷 무리에 불려가 달콤한 사랑을 나누고 그
시간만 '가족' 일 뿐이며, 코끼리나 호랑이, 말과 같은 대부분의 포유
류들이 그렇다고 한다. 조류는 다르단다. 인간처럼 암수가 만나 부부
가 되고, 서로 협력해서 둥지를 만들고, 번갈아 알을 품으면서 자식
이 깨어나면 함께 먹이를 물어다 기르며 돌본다. 하지만 포유류와
조류에게는 한 가지 공통점이 있다. 그것은 자식이 크면 스스로 떠나
거나 내쫓는데 이것이 야생의 법칙이란다.

언제부터인가 '캥거루족'이란 말이 매스컴에 흔하게 오르내리기 시작했다. 대학 졸업 후 취직할 나이가 되었는데도 취직하지 않고 부모에게 얹혀사는 젊은이들을 지칭하는 대표적인 말이다. '만물의 영장'이라는 말로 우월성을 따지는 인간이지만 자식관리에서는 동물들보다도 한 수 아래라는 것을 단적으로 보여주는 셈이다. 외국의 경우 문화 자체가 우리와는 달라서 성년이 되면 독립하는 이들이 많다. 우리의 경우 유독 부모의 자식사랑이 내 품안에 끼고 도는 것에서 벗어나지 못하는 모습을 보여준다.

우리 사회에는 대학을 졸업하고 안정된 직장을 찾아서 결혼을 할 때까지 자식은 부모인 내가 책임져야 한다는 식의 사고를 가진 시니어들이 적지 않다. 부모의 이런 애정에 적극적으로 부응하면서 학교 졸업과 동시에 독립하여 자신의 길을 잘 찾아간다면 그나마 다행이다. 학교를 졸업한 후에도 취직을 못해 부모 집에서 살면서 밥 얻어먹고, 용돈 타 쓰면서 독립은 생각지도 않는 이들이 부지기수다. 잔소리하는 부모에게 오히려 대들거나 자신이 원하는 것을 위해 떼를 쓰는 젊은이들도 많다. 이 같은 상황이 길어지면 뒤늦게서야 부모는 한숨을 내쉬며 후회한다. '빨리 내보냈어야 했는데……'라고.

스무 살이 넘으면 정신적, 경제적으로 완전하게 독립하는 것이 가장 바람직한 모습이다. 부모의 도움없이 스스로 살아가도록 직장을 구하고, 대학을 다니면서도 자기 용돈은 자기가 벌어서 살아야 한다.

시대적 여건상 학비를 스스로 벌고 집을 떠나 혼자 사는 게 어려운 상황이므로 부득이 부모에게 얹혀 살아야 한다면 적어도 용돈은 스스로 벌어서 써야 하며 학업을 마치면 무조건 독립을 해야 한다. 하지만 캥거루족들은 이런 당연한 사고와 실천을 하지 않는 것이다.

자식은 캥거루족으로 살아가는 현실을 당연하게 받아들이며, 부모는 이런 자식을 울며 겨자 먹기 식으로 챙기고 사는 게 우리 시대에 심심찮게 볼 수 있는 모습이다. 이쯤 되면 부모와 자식 사이에는 보이지 않는 골이 깊어간다. 부모는 친구나 지인들을 만나면 이러지도 저러지도 못하는 자신의 신세를 한탄한다. 자식을 챙겨야 하는 부담감과 스트레스가 넘치는데 인생 2막이 즐겁게 이어질 리가 없다. 결혼적령기를 놓친 미혼의 자녀를 둔 부모들은 친구의 자녀들이 결혼한다는 청첩장을 받으면 가슴속에서 불이 난다는 이들이 대부분이다. 어느 모임에 나가서 자식이 어느 기업에 취직했고 이제는 용돈도 주더라는 얘기를 듣는 이들도 화병이 도지기는 마찬가지다. 자식으로 인한 스트레스가 심한 경우 모임이나 단체활동에 가급적이면 참석하지 않으려는 이들도 있다. 심지어는 우울증이나 대인기피증까지 생겼다는 이들도 있다.

성년이 지난 자녀를 둔 부모라면 자녀를 하루라도 빨리 독립시키는 것이 앞으로 남은 시니어 인생을 자기 주도하에 적극적으로 살아가기 위한 첫 번째 준비이자 과제나 다름없다. 사실 자식을 독립시키는 것은 연습부터 해야 한다. 자식이 어릴 때부터 대학에 가면, 그때는 성인이 되므로 그때부터 스스로 자립해야 한다는 것을 머릿속에 심어줬어야 한다. 하지만 이런 연습의 기회를 놓쳤다면 지금이라도 늦지 않았다. 취업을 했든 안 했든, 딸이든 아들이든 그들이 독립할 수 있도록 유도해야 한다. 만일 당장 독립할 수 있는 조건이 전혀 안 갖춰진 자녀들이라면 좋은 방법은 아니지만 월세 보증금이나 일정 기간 동안의 생활비를 손에 쥐어줘서라도 내보내는 것이 상책이다.

현재 우리 사회 기성세대들의 문화적 특성상 부모들 중에는 나의 이런 말에 냉정하게 그렇게까지 할 수 없다는 것을 주장하면서 비현실적인 논리라는 입장을 보이는 이들도 적지 않을 것이다. 특히 딸을 둔 부모는 더욱 그러할 것이다. "어떻게 여자애를 밖에서 혼자 살게 합니까?"라고.

번아웃 증후군으로부터
벗어나라

책상 앞에 앉아 있지만 작업속도는 더디기만 하고 퇴근시간이 되어도 마음이 가볍지 않다. 귀가길 몸은 천근만근 되는 듯하니 세상만사가 다 귀찮다. 이런 증상이 나타났다면 번아웃 증후군(burnout syndrome)을 의심해야 한다. 한 가지 일에만 몰두하던 사람이 신체적·정신적인 극도의 피로감으로 인해 무기력증, 자기혐오, 직무 거부 등에 빠지는 증상을 말한다.

우리나라 직장인 10명 중 3명 이상은 퇴근길에 번아웃 증후군을 경험한다고 한다. 번아웃 증후군이란 미국의 정신분석의사 H. 프뢰덴버그에 의해 생겨난 심리학 용어로, 한 가지 일에 지나치게 집중하다 보면 어느 시점에서 갑자기 모두 불타버린 연료와 같이 무기력해

지면서 업무에 적응하지 못하는 상황이 나타난다는 것이다. 주로 육체적 피로와 정신적 피로가 극도로 쌓였을 때 나타나는 이 증후군으로 인해 보람을 잃고 돌연히 슬럼프에 빠지게 되거나 우울증 등으로 이어지기도 한다.

번아웃 증후군은 의외로 20, 30대보다는 40, 50대 중장년층에서 많이 나타난다. 젊은층은 친구나 지인들과 자주 어울리고 운동이나 그 외의 활동으로 가볍게 스트레스나 갈등을 날려버린다. 중장년이 되면 그 반대다. 고민거리는 많아지고 가정에서나 직장에서나 존재감 및 책임감에서 오는 심리적 불안정 현상이 커지면서 스트레스 호르몬인 코티솔이 증가하는데 그때그때 풀어버릴 방법을 찾기 어렵기 때문이다.

전문가들은 대표적인 증상으로 피로감에 따른 무기력증, 자기폄하에 따른 열등감, 직무수행저하, 감정조절능력문제, 극도의 스트레스로 인한 공황장애 등을 꼽는다. 또 이 증후군은 정도에 따라 초기, 중기, 말기 3단계로 구분하는데, 초기단계는 기억력감퇴와 피로감증가, 잦은 실수 등이 나타난다. 중기로 접어들면 초기증상에 무기력증상이 동반되면서 직장동료들과의 갈등과 업무능력저하, 열등감 등을 보이게 된다. 말기는 치료가 시급한 단계로 우울증이 오거나 가슴 압박과 같은 신체적 질환이 나타나게 된다.

흔히 직장인들은 정신적 피로와 육체적 피로가 극도로 쌓일 경우

술과 흡연으로 풀고자 한다. 건강에 미치는 영향은 당연히 좋지 않다. 체력이 남아 있을 때는 술과 흡연이 혈액순환을 돕고, 스트레스를 풀어 주지만 술이 한계를 넘으면 술독이 생겨 몸에서 해독하지 못하는 상태가 된다. 술독은 머리로 올라와 눈을 어둡게 하고, 뇌를 흐리게 하며, 정신을 혼미하게 만든다. 기침과 당뇨가 생기기도 하고, 내장 질환이 생기기도 하며, 흡연은 혈액 상태를 악화시켜 머리를 멍하게 하고, 심장 상태를 악화시킨다.

모든 병이 그렇듯이 번아웃 증후군이 느껴질 때는 초기에 빠르게 대처하는 것이 바람직하다. 그냥 방치해두었다가는 우울증이나 그보다도 더 심각한 신체장애가 올 수도 있다. 술, 담배는 피하고 탈피 방법을 찾아야 한다. 스트레스가 쌓여 있거나 무기력감이 느껴질 때 또는 특별한 고민이나 갈등이 고조될 때는 심리적 안정을 느끼고 새로운 의욕을 찾을 수 있는 방법을 스스로 찾아나서는 게 현명한 일이다.

가장 좋은 방법은 멘토를 찾고 힐링을 찾아나서는 것이다. 멘토라고 해서 반드시 자신보다 나이가 많다거나 더 많은 지식 및 경험을 지닌 사람이어야 할 이유는 없다. 친구나 후배도 좋고 마음 편히 지내는 지인이어도 좋다. 다만 자신의 마음을 솔직하게 풀어 펼쳐보일 수 있는 상대면 된다. 배우자나 가족을 멘토로 삼는 것도 아주 좋은 방법이다. 가장 가까이에 있는 사람들이기에 이해와 배려의 힘을 발휘해 주기 때문이다.

힐링(Healing)은 몸과 마음을 치유하는 것을 말한다. 혼자서 스스로 찾아 할 수 있는 힐링 방법은 사람마다 다양한 방법을 찾을 수 있지만 직장인이라면 가장 쉬운 두 가지 방법이 문학힐링과 여행힐링이다. '문학힐링'은 말 자체가 무게감이 실려 거부감을 느낄 수도 있지만 그 실체는 아주 쉽고 가볍게 접할 수 있는 것이어서 부담을 가질 필요가 없다. 독서와 글쓰기로 시, 수필, 소설 어느 것이든 자신이 평소 좋아하는 분야나 자신의 성향에 잘 맞는 갈래의 책을 읽으면 매우 효과적인 일이다. 독서를 통해 공감을 하고 관심있는 분야의 지식이나 정보를 접하는 것은 정신적인 만족에 큰 도움이 된다. 특히 독서는 언제 어디서나 할 수 있는 것이기에 습관들이기가 유리하다. 글을 쓰는 행위 자체는 자신의 삶을 되돌아보면서 소중한 기억을 되새기고 기록을 남기는 소중한 일이다. 하지만 더 중요한 것은 자신의 경험과 생각을 감정과 감성으로 쏟아내는 과정에서 카타르시스를 통한 정신적 힐링이 된다. 따라서 독서와 토론, 그리고 글쓰기는 바쁘게 돌아가는 현실속에서 잊혀져 있던 자신, 즉 '나'를 다시 찾아가는 중요한 계기를 마련해 준다.

'여행힐링'은 행위 그 자체가 일상의 고민을 내려놓고 휴식을 취하면서 평온함과 즐거움을 얻는 일이기에 번아웃 증후군으로부터 벗어나는 데는 이만큼 좋은 게 없다. 단, 피로가 더 쌓일 수 있는 무리한 일정이나 체력소모가 큰 여행은 피해야 한다. 최소한 3일 이상의 일정으로 편안하게 다녀올 수 있는 장소를 선택해야 한다. 단체여행은 주변사람들의 눈치를 보거나 개인활동이 자유롭지 못해 적합하지 않다. 혼자 또는 가까운 친구, 지인과 떠나거나 가족과 함께 하는 여행이라면 더욱 좋다. 사람들이 지나치게 많은 곳도 좋지 않다. 수목원이나 고즈넉한 역사유적지가 있는 조용한 곳 또는 산책 하듯 천천히 걸어 다니면서 부담없이 보고 느끼는 동시에 머릿속을 비울 수 있는 곳을 택하는 게 바람직하다.

수면

저녁 11시 반 이전에 자는 것은 아주 중요하다. 사람은 낮에 일하고 밤에 잠자는 동물이기 때문에 자시, 축시에는 잠을 자야 한다. 낮에 12시간을 자고 밤에 일하더라도 몸은 나빠진다. 언제 자느냐가 가장 중요한데 11시 반에서 5시 반 사이는 잠을 자고 나머지 시간에 일을 하는 것이다.

운동

책상에 앉아서 일하다 보니 힘이 빠져서 그렇다고 생각하기 쉽다. 이 때문에 운동을 하려고 하는데, 이런 경우 직장인들 대부분은 낮에는 시간이 없다. 따라서 저녁 먹고 9시 이후에 헬스 등 운동을 하는데 언제 운동하느냐는 매우 중요하다. 해지고 나서 별이 뜬 이후에 운동하면 노폐물이 땀으로 나가는 것이 아니라, 정액과 혈액이 땀으로 스며나간다. 이를테면 남자들이 성행위 직후 나는 땀은 끈적끈적한 식은땀이다. 한의학에서는 정액이 새어나가는 것이라고 말한다. 이와 마찬가지로 밤에 운동하면 정액과 혈액이 땀으로 새어나가므로 밤에 헬스하는 것은 좋지 않은 방법이다. 차라리 낮 시간에 운동을 할 수 없다면 식사 후 15분 정도 산책이라도 해주는 것이 매우 좋다.

스포츠활동을 통해서 스트레스를 날림과 동시에 성취감을 얻는 것이다. 성취감을 통한 자신감과 즐거움을 발견하고 느끼는 것은 번아웃 증후군을 벗어나는 아주 빠른 지름길로 통한다. 전문가들은 실내암벽등반, 등산, 프리다이빙, 번지점프 같은 레포츠가 매우 효과적이라고 권유한다.

규칙적인 식습관

위장은 애완동물과 비슷하다. 언제 먹이를 주느냐 하는 것이 중요하다. 사람 역시 먹는 것이 규칙적이어야 한다는 얘기다. 저녁 늦게 먹는 야식은 수면을 방해하니 야식은 꼭 피해야 한다. 잠을 잘 때 몸이 잘 회복되는데 물의 역할이 중요하다. 인체 내에서 물의 순환이 좋지 않으면 몸이 나빠진다. 변강쇠의 오줌발이 강하다는 것은 물의 순환이 그만큼 잘 된다는 것이다. 따라서 순환이 잘 되는 물을 마셔야 하는데 순환이 잘 되는 물은 고인 물이 아니라 잘 흐르고 있던 물을 말한다. 생명성이 저하된 정수기 물보다는 석간수나 약수를 정기적으로 뜨러 다니는 것이 좋은 방법이다.

살아있는 동안에 한 번은 꼭 해야 할 것들

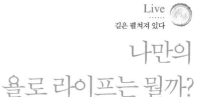
나만의
욜로 라이프는 뭘까?

요즘 시니어들에게 새롭게 부각된 트렌드 중 하나가 '욜로 라이프'다. '욜로'는 영어로 Y-O-L-O로 신조어다. 욜로란 '단 한 번뿐인 인생(You Only Live Once)'의 줄임말로, 미래보다 현재의 행복을 중시하는 라이프 스타일을 의미한다. '지금 이 순간'을 즐겁게 살기 위해 경험을 소비하는 욜로 라이프는 2017년 새로운 삶의 방식으로 떠오르고 있다. 시니어들이 자주 하는 말 중에, 세상에서 가장 비싼 금은 '지금'이라는 말이 있는데, 욜로가 바로 지금과 일맥상통하는 신조어이기 때문이다.

50대 중반 이상의 시니어가 되면 보통 이런 말을 자주 한다. '그동안 열심히 살았고 애들 다 컸으니까, 나도 이제는 내가 하고 싶은 대로 좀 하고 살아야겠다. 그래서 먹고 싶은 것 먹고, 입고 싶은 옷 사입고, 가 보고 싶은 곳 가고, 하고 싶었던 것 해보겠다'라고. 이것이 바로 욜로 라이프 아니겠냐는 것이다. 과연 그럴까요? 라고 묻지 않을 수가 없다.

욜로는 단순히 물질적인 욕구를 채우거나, 스트레스를 해소하는 수준이 아니다. 비용이 들어가는 소비이긴 하지만, 자신의 이상향을 향해 가는 실천에 비용을 아낌없이 투자하는 것이다. 예를 들면 꼭 하고 싶었던 여행이나, 간절하게 배우고 싶었던 공부나, 이색적인 테마에 대한 배움의 기회를 갖는 것, 바로 이런 콘텐츠에 집중을 하는 획일화된 라이프 스타일을 말한다.

욜로가 시니어들에게는 최근의 트렌드지만 이미 5, 6년 전부터 우리나라 20, 30대 젊은층에게서 나타나고 있는 라이프 스타일의 하나이기도 하다. 젊은이들을 보면 1년 2년 간 열심히 돈을 모아서, 자신이 정말 가고 싶었던 배낭여행을 떠난다든지, 아니면 이색 레포츠 용품을 사서 그것을 즐긴다든지 하는 게 보편화되고 있다. 바로 이런 식의 생활방식이, 시니어들에게도 눈에 띄게 나타나면서 시니어 트렌드가 될 것으로 보인다. 특히 시니어들은 시간적인 여유와 경제적인 여유 면에서 젊은층보다 조금 유리한 입장일 수 있다. 실제로 주변의 시니어들을 보면, 이런 분들이 요즘 부쩍 늘어나고 있다.

지난해 현직에서 은퇴한 64세의 남성인 J씨는 역사에 대해 관심이 무척 많다. TV에서 방영하는 역사 드라마는 빼놓지 않고 보고, 역사 관련 책도 많이 읽는다. 그런데 책이나 영상으로 접한 역사 현장을, 실제로 가보지 못한 곳이 너무 많다. 그래서 올해 1년 동안은 1주일에 한 번이든 두 번이든 무조건 우리나라 역사문화기행을 하겠다고 선언했다. 그리고 내년에는 해외 쪽으로 방향을 정하겠다고 한다. 사실 역사기행을 하려면 전국 곳곳을 돌아다녀야 하니까 비용이 적지 않게 든다. 하지만 그는 "지금까지 나 자신을 위해, 내가 원하는 일에 돈을 쓰는 게 쉽지 않았다. 하지만 이제는 나를 위해서 쓰겠다."고 말했다. 올해는 월 50만 원씩 총 600만 원을 자신의 역사기행 답사에 쓰겠다는 계획이다. 친구들로부터 등산 가자, 골프 치자, 술 한 잔 마시자 하면서 연락이 오는데, 올해는 다 무시하고 일단 자신이 정한 것에 집중하겠다고 한다.

잊었던 사람은 다시 만날 수 있고, 잃어버린 물건은 다시 찾을 수도 있지만, 지나간 시간, 흘러간 내 인생은 다시 돌아오지 않는다. 지금 이 순간을 즐겁게 사는 욜로 라이프를 위해, 내가 간절히 원하는 게 무엇인지 한 번 찾아볼 필요가 있다. 그 무엇보다도 소중한 지금 이 순간을 행복하게 보낸다면 그건 단지 시간과 돈의 소비가 아닌 가치 있는 일이고 분명히 내일을 맞이하는데도 긍정적인 에너지가 될 것이다.

첫째, 남의 눈치 보지 마라

욜로 라이프를 추구하는 이유는, '한 번뿐인 인생'과 '지금 이 순간'이 포인트다. 나는 여성인데, 나는 나이가 많아서, 자식들이 뭐라고 하지 않을까, 남편이 싫어할 텐데, 이런 생각 가지면 못한다. 남의 눈치를 보거나 주변의 시선에 너무 연연하지 말아야 한다. 사회도덕규범에 벗어나지 않는 것이라면 무엇이든, 자신있게 선택하고 실행으로 옮겨라.

둘째, 배우자와 가족들에게 발표해라

내가 찾고자 하는 욜로 라이프는 가족들의 배려와 이해가 필수다. 그리고 적극적인 지원까지 이어진다면 더욱 좋겠다. 혼자서 고민하지 말고, '나는 이런 일이나 활동에 집중해 보고 싶다'고 자신있게 말하고 먼저 이해를 구하는 게, 자칫 나중에 나타날 수도 있는 갈등을 사전에 차단하는 방법이다.

셋째, 새로운 것에 대한 두려움을 떨쳐라

여건은 다 돼 있는데, 겁이 나서 두려워하는 이들이 많다. 지금 이 순간도 지나면 과거가 된다고 생각하면, 생각이 달라진다. 시간은 우리를 기다려주지 않는다.

보여주는 쇼가 아닌
나를 위한 도전

　노년기에 제일 중요하고 또 반드시 스스로 지켜야 하는 것이 있다면, 두말할 나위 없이 바로 '건강'이다. 많은 이들이 건강 지키기에 다양한 노력을 기울인다. '이왕이면 다홍치마'라고 했던가. 건강을 즐거운 마음으로 지키는 것이야말로 몸 건강, 마음 건강이 동시에 이뤄지면서 또 한 가지 얻을 수 있는 게 있다. 노년기에 자칫 잃어버리기 쉬운 자신감이다. 그렇다면 어떻게 건강과 자신감 두 마리 토끼를 잡을 것인가?

　2년 전 봄 서울 종로구 청계천 오간수교 특설 무대에서 열린 '청계천 수상 시니어 패션쇼'에서, 50대부터 80대까지 시니어 모델들이 '시니어, 세상과 소통하다'라는 주제로 멋진 무대를 보여, 아주 큰

호응을 얻었다. 이날 80대 시니어 모델들도 여러 명 있었지만, 스포
트라이트는 단연코 최고령 모델인 90세의 박양자 여사에게 모아졌
다. 모델 박 여사는 얼굴도 고운데다 짙은 초록색 투피스 차림으로,
멋진 워킹과 함께 우아한 자태를 맘껏 과시했다. 이를 지켜본 관람객
들은 입을 다물지 못하면서 환호성과 박수를 보냈다.

90세의 모델이라는 것도 놀랍지만 이것은 박 여사의 현재진행형의
가장 소중한 버킷리스트라는 점에서 그를 다시 생각하게 만든다. 더
욱이 우리나라 최고령 모델로 알려진 그가 81세에 시니어모델에 도
전했다는 사실은 더욱더 놀라운 일이다. 나는 방송에 그를 소개하기
위한 인터뷰를 하면서 모델활동이 곧 그의 버킷리스트 중 하나였다
는 사실을 알게 됐다.

그는 젊은 시절에는 평범한 가정 주부였다. 3녀 2남의 자녀를 잘
키웠고, 그 자녀들이 건강하게 잘 성장해서, 8녀 2남의 손자들이 있
고, 또 그 손자손녀들 중 결혼한 손주들로 인해, 현재 일곱 명의 증손
자들이 있다. 81세에 모델활동을 시작한 것은 두 가지 이유에서였다.
첫째는 워킹과 바른 자세를 통해 건강을 유지하고자 하는 것이었고,
또 다른 이유는 젊은 시절부터 꼭 한번 해보고 싶었던 것 중 하나였
던 모델의 꿈을 실행으로 옮겨 보자는 것이었다. 10여 년 전 마침 그
무렵 사회적 기업인 뉴시니어라이프가 시니어 모델을 모집했다. 박
양자 여사의 경우 초창기부터 꾸준히 활동을 해온, 최고 선배 모델로

1년에 못해도 5회 이상은 무대에 서고 있다.

매주 목요일 그는 뉴시니어라이프에 찾아가, 회원들과 세 시간 동안 워킹과 차밍댄스 연습을 병행한다. 시니어들의 모델활동은 돈을 벌기 위한 활동이 아니라 활동 그 자체를 즐기는 데 목적이 있기 때문에, 회원들과 함께 연습을 하고 무대에 서는 그 자체에 큰 보람과 만족을 느낀다고 한다. 박양자 여사는 말했다.

"밖에 나가보면 70대인데도 허리가 굽어지거나 걸음을 걷는데 불편한 분들이 많은데, 그런 분들 볼 때마다 마음이 많이 아프다. 건강은 중장년층 시절부터 신경을 써야 하고, 노년기에는 더욱더 스스로 지키려는 노력을 기울여야 한다."

실제로 박 여사는 40년 전부터 맷돌체조를 해왔다. 지역에서 매일같이 주민들이 모여 함께 이 체조를 한다. 요즘은 1주일에 네 번 정도는 꼭 참여하는데, 모델활동을 하기 전까지만 해도 단 하루도 쉬지 않고 했을 만큼 꾸준히 했고, 이것이 지금까지 건강을 유지해온 비결이다. 박양자 여사와 인터뷰를 하면서 느낀, 아주 중요한 노년기 인생의 포인트가 있었다. 박 여사는 이런 말을 했다.

"모델활동 모임에서 회원들과 함께 활동할 때, 절대 동생, 누구씨 이런 호칭을 부르지 않고 늘 '박아무개 선생님'이라고 부른다. 회원들 거의 모두가 아랫사람들이지만 인격적으로 서로 존중해 주면서 관계유지를 한다. 멋진 패션쇼를 하는 것보다 더 중요한 것은, 스스로 교양과 인격을 갖추는 것이라고 본다. 우리 회원들도 다 똑같다. 시니어로서 활동을 할 때는 이런 자세가 매우 중요하다."

　100세 시대인 것은 사실이지만, 90의 나이에 꼿꼿한 자세로 무대를 걷는다는 건 정말 쉽지 않은 일이다. 하지만 중장년층시절부터 꾸준한 운동으로 스스로 건강을 지키는 노력을 게을리 하지 않고 또 당당한 시니어로서의 모습을 보여주겠다는 마음이 있다면, 100세에도 무대 위에서 워킹을 하는 게 가능하지 않을까? 2017년에도 어김없이 시니어 모델들의 무대에서 주목을 받았던 박양자 여사. 그가 무대 위에서 펼쳐 보여준 것은 단지 보여주는 패션쇼가 아닌 자기 자신을 위한 멋진 도전이자 버킷리스트의 실행이었던 것이다.

첫째, 운동은 밥을 먹는 것처럼 꾸준히 해야 한다

우리가 공부를 하다가 안 하면 다 잊어먹는다. 운동도 마찬가지다. 하다가 안 하면 그만큼 몸이 말을 안 듣는 건 당연한 일이다. 나이가 들면서 운동량을 조절해야 할 필요는 있지만, 멈추는 것은 절대 안 될 일이다. 특히 걷기 같은 유산소 운동은 꾸준히 해야 한다.

둘째, 나를 위해 시간과 비용을 투자다

박양자 여사는 말했다.

"활동을 많이 하니까 내가 나이들어 돈을 번다고 생각하는 사람들도 있는 것 같다. 하지만 아니다. 나를 위한 투자다. 시니어 모델들은 옷을 직접 만들어 입기도 하고, 사 입고 무대에 서기도 한다. 나 자신을 위한 건강과 보람을 얻고자 하는 활동이니까, 기꺼이 시간과 비용을 투자하는 것이다."

셋째, 관계유지를 위해 겸손하고 모범적인 자세다

어떤 활동이든 사람들과 만남 속에서 이뤄진다. 내 나이가 많으니까 어른 대접 받아야 한다는 생각보다는, 아랫사람들을 배려하고 겸손한 미덕을 보일 때, 그들이 나를 더 좋은 선배로 존중해 준다는 것을 꼭 명심해야 한다.

가치 있는 것을 위한 포기는
아름답다

사람들에게 하고 싶은 게 무엇이냐고 물어보면 보통 두 부류로 나뉜다. 마치 외워두었던 것처럼 기다렸다는 듯이 읊어대는 사람이 있고, 아직 정하지 못했다면서 말을 아끼는 사람이다. 시간을 기다렸다가 또다시 똑같은 질문을 해도 전자는 역시 하고 싶은 것들이 셀 수 없이 많은 것은 마찬가지이고, 후자는 여전히 무언가를 결정하지 못했다는 이들이 많다. 전자는 대다수가 시니어들이고, 후자는 젊은 세대들이다.

사람 욕심은 한도 끝도 없다는 말이 있다. 사고력을 지닌 인간은 자고 먹고 놀기에 길들여져 있는 단순한 뇌를 지니고 있는 동물들과는 다르기 때문에 당연한 것이다. 게다가 몇십 년 동안을 가정이라는 울타리를 지키고 가꾸는 일에 혼신을 다해온 그들이기에 마치 먹고 싶은 음식 종류를 풀어놓듯이 버킷리스트를 말한다고 해서 흉을 볼 수는 없다. 그동안 하고 싶은 공부, 가고 싶었던 여행지, 즐기고 싶었던 스포츠, 먹고 싶었던 특별한 음식, 느끼고 싶었던 여유, 만나고 싶었던 사람 등등 어디 한두 가지겠는가? 지독한 가난 때문에 상급학교 진학을 포기하고 10대 시절부터 일찌감치 공장으로 가야 했던 사람들, 부모의 뜻을 저버리지 않기 위해 성공이라는 목표를 향해 공부에만 몰두했던 사람들, 자식들에게는 가난을 대물림시키고 싶지 않고 뭐든지 풍족하게 채워주고 싶었던 사람들. 그들은 유년시절부터 '먹고 싶은 것 다 먹고 사고 싶은 것 다 사고 언제 돈을 모으겠냐'는 부모, 선배, 배우자들의 충고를 귀가 따갑게 들으면서 살아온 세대다. 바로 지금 50대 이상의 대한민국 시니어들이다.

하고 싶은 것들을 숫자 세듯이 늘어놓는 그들에게 차마 욕심이 많다고 나무랄 수는 없는 일이다. 다만 원한다고 해서 다 이룰 수는 없다. 가치있는 일에 우선순위를 정하고 포기할 것은 지워버리는 지혜가 필요하다는 제안은 결코 욕되지 않을 것 같다.

뷔페에 처음 갔을 때를 기억해 보자. 평소 먹고 싶었지만 화중지병 (畵中之餠)에 불과했던 음식들이 눈앞에 펼쳐져 있어 무엇을 먼저 먹어야 할지 망설여진다. 이것저것 한두 개씩 담아서 먹다 보니 종류별로 다 먹어보기도 전에 배는 차오른다. 더 많이 더 다양한 것들을 먹지 못한 아쉬움으로 식당을 나오면서 생각한다. 다음에는 어떤 음식만을 골라서 먹겠노라고. 먹거리가 풍족하지 못했던 어린시절을 보냈던 시니어라면 '그땐 그랬지', '그래, 맞아' 하면서 기억을 떠올리는 일이 있다. 명절 때나 집안에 잔치가 있을 때면 그 많은 음식들을 다 맛보기도 전에 배탈이 나곤 했다. 식탐 때문만은 아니었다. 그만큼 귀했던 음식이었던 만큼 어느 날 갑자기 차려진 맛있고 풍성한 음식들을 나누어 조절해가면서 먹기란 쉽지 않았던 것이다.

  글쓰기 지도를 하는 문화센터에 60세가 된 한 남성이 찾아왔다. 그는 지금까지 자신이 살아온 삶이 그야말로 소설만큼이나 구구절절하기에 자서전이라도 남겨보고 싶은 마음에 글을 쓰고 싶다는 거였다. 누구 못지않게 고난을 헤치면서 열정적으로 살아온 것 같았다. 그는 처음 한두 달은 컴퓨터 사용에 익숙치 않아서 글을 노트에 써왔다. 그만큼 간절히 하고 싶었던 일인 것 같아서 적잖게 감동을 하면서 첨삭지도를 해주었다. 서너 달쯤 지났을까. 매주 한 편씩 써오던 원고를 제출하는 간격이 2주, 3주씩으로 뜸해졌고 시간이 흐르면서 한 주 건너 한 번씩 결석을 했다.

  "무슨 일이 있나요?"

  "선생님 제가 너무 바빠요. 지난달부터는 통기타를 배우고 있어요. 올해부터 주말농장을 시작했는데 거기도 가봐야 하거든요. 어디 그뿐인 줄 아세요. 상가 회장 일도 해야 하고요. 정말 하루가 너무 짧다니까요."

한 마리 토끼를 잡는 일도 어려운데 다섯 마리, 일곱 마리 토끼를 어떻게 동시에 잡을 수 있겠는가. 그에게 이 말을 해주고 싶었지만 차마 나는 말할 수 없었다. 내가 그의 인생을 이래라저래라 참견할 자격이 없는데다 그간 얼마나 하고 싶은 게 많았으면, 또 얼마나 간절했으면 나뭇가지 치듯이 취미생활을 이것저것 벌여놓았을까 싶은 거다. 수업시간에 간접적으로나마 '하나라도 제대로 배우려면 그것에만 미쳐야 한다'고 공공연하게 강조하는 것으로 그쳤다. 언젠가는 그도 더 가치있는 것을 위해서 다른 것들은 포기하거나 다음 과제로 남겨두는 방법을 택할 것이다. 욕심을 낸다고 해서 다 이룰 수 없다는 것을 시간이 흐르면서 그 스스로 깨닫게 되지 않을까 싶기도 하다.

보다 가치있는 것을 위해 다른 것을 포기하는 것은 삶의 지혜다. 이점에 대해서는 젊은층 역시 간과해서는 안 된다. 시니어든 20, 30대 청춘이든 우리에게 똑같이 주어지는 것이 있다면 그것은 하루 24시간의 시간이다. 60대에 비해 30대에게 무언가를 계획하고 도전할 수 있는 시간은 많은 게 사실이지만 그렇다고 하루 24시간이 더 긴 것은 아니며 매일같이 다가오는 그 시간들을 더 잘 활용한다고 단정 짓기는 어렵다. 시간활용은 나이를 떠나 각 개개인에 달려 있다.

'the more the better'. 많을수록 좋은 것은 사실이지만 우리 삶의 모든 이치에 다 맞아떨어지진 않는다. 단순히 즐기고 말 것이라면 다다익선(多多益善)도 좋겠지만 이루고자 하는 목표가 정해진 일이라면 더 가치 있는 일, 더 중요한 일에 시간과 열정을 투자해야 한다. 버킷리스트의 우선순위를 정하는 이유가 바로 이 때문이다. 우리에게 시간은 영원한 게 아니니까.

Live
......
길은 펼쳐져 있다

포기하는 즐거움도
알아야 한다

"바쁘다 바빠."

누군가는 늘 시간이 부족하다며 이렇게 외친다. 나름 액티브하게 산다고 자부하는 사람들의 얘기다.

60대 초반 K의 한 주 간 스케줄을 보자. 월요일 오전 노래교실, 화요일 오후엔 옷 만들기, 목요일 오전엔 인문학 강좌를 듣는다. 화, 목, 금 주 3회 오후에는 딸집에 가서 유치원에서 돌아온 손자를 돌봐줘야 하며, 일요일에는 산악회 회원들과 등산을 간다. 또 수요일 저녁과 일요일 오전엔 반드시 교회에 가야 한다. 일주일 중 어느 하루도 집에만 머무르면서 한가하게 보낼 시간이 없다. 이렇게 되다 보니 연초에 계획했던 남편과 함께 일본 여행가기는 차일피일 미루다가

살아있는 동안에 한 번은 꼭 해야 할 것들

결국 해를 넘겨서 생각해야 할 것 같고 오래전부터 꼭 하겠다고 마음먹었던 방통대 입학 역시 선뜻 도전할 용기가 나지 않는다. 열심히 살고 있다고 생각하지만 정작 하고 싶은 공부와 해외여행을 하지 못하는 것이 아쉬울 따름이다.

K씨만 이럴까? 시니어들 중에는 젊은 시절 못 다한 것들에 대한 보상을 받기 위해, 나이드는 것에 대한 초조함을 떨쳐버리기 위해 너무 많은 것들을 동시에 해결하려고 동분서주하는 사람들이 적지 않다. 일을 해서 돈도 벌고, 취미생활 즐기고, 자식들과 손주들도 챙기고, 친구들과의 모임에도 빠지지 말아야 한다. 이러다 보니 체력, 경제력, 능력, 시간은 각자 다른데 한계가 따른다. 누구 못지않게 부지런하게 산다고 생각하면서도 목표한 것이 생각한 대로 마음먹은 대로 되지 않거나, 하지 못하고 있는 것들 때문에 스스로 스트레스 받는 이들이 적지 않다.

목표를 정하고 열정을 갖고 추진하는 건 분명 멋진 일이다. 다만 여러 가지를 동시에 추진하다 보면 무엇 하나도 제대로 이루지 못할 수가 있다. 때로는 포기하는 것이 좋을 때도 있다. 특히 시간, 체력, 경제력 이런 여러 가지 여건을 고려해 볼 때, 과감하게 포기하는 것이 오히려 현명한 결정이 되는 경우다.

흔한 말로 목숨 걸고 달려들어야 하는 일도 아닌데, 괜한 오기를 부리거나 집착하는 경우가 있다. 안 되는 것, 불가능한 것을 가지고 고민하면서 자기 속을 끓인다. 식욕도 떨어지고 기운도 떨어지는 정도로 스트레스가 된다면, 이건 차라리 포기하는 게 훨씬 좋은 결정이다. 중장년층이 젊은 시절 좋아했던 대중가요 중에서 당시 그룹사운드였던 송골매의 '세상만사' 라는 노래가 있다.

'세상만사 모든 일이 뜻대로야 되겠소만 그런대로 한 세상 이러구러 살아가오'

물론 뜻대로 다 되면 그것보다 좋은 일이 어디 있겠는가? 그게 쉽지 않으니까 좋은 일, 슬픈 일, 맑은 날, 궂은 날, 순서 없이 돌고 도는 것이다.

지난해 산문집 "소설가는 늙지 않는다"를 출간한 소설가 현기영 씨는 이 책을 통해 노경에서 누릴 수 있는 즐거움들이 적지 않은데, 그중 제일 큰 것이 포기하는 즐거움이라고 했다. 너무 아등바등 매달리지 않고 흔쾌히 포기해버리는 것은 욕망의 크기를 대폭 줄이는 것이고, 포기하는 대신 얻는 것은 자유라는 것이란다. 이 말은 시니어들에게는 현실적으로 정말 가슴에 와 닿는 아주 좋은 조언이 될 수 있지 않을까.

일을 하면서 만난 지인 중에 올해 나이가 80세인 분이 있다. 60대 후반까지만 해도 사업이 번창해서 개인사업가로서는 나름 많은 것을 모았고 넉넉했다. 그의 나이 70대 중반이었던 것 같다. 어느 날 연락이 와서 만났더니 도시 재건축 관련 사업에 뛰어들었다고 했다. 그는 희망에 들떠 있었다. 도심 한복판 재건축사업이니 큰돈을 벌 수 있다는 기대감에 차 있었던 듯하다. 그때 그를 지켜보면서 나는 이런 생각을 했다. '돈을 버는 일도 중요하지만 먹고 사는데 지장이 없을 만큼 여유가 있으니 이제는 돈 버는 일보다는 사회에 이바지할 수 있는 뭔가를 하면 좋을 것 같은데…….'

한동안 연락이 끊어졌다가 최근에 또다시 전화가 왔다. 그간 안부인사도 못한데다 바쁘다는 핑계로 찾아뵙지 않으면 서운함을 느낄수도 있겠다 싶어 찾아갔다. 외모는 예전이나 변함없이 건강해 보였다. 하지만 그가 하는 말이 도시 정책변화가 일어나면서 재건축이 취소되고, 그런 과정에서 큰돈을 잃게 됐단다. 이 때문에 마음고생을 심하게 했다며 도시정책에 대한 서운함을 표시했다. 그런데 그가 최근에 또 다른 사업을 시작했다는 얘기를 듣고 너무 놀랐다. 누구에게 피해를 주고 부도덕하게 사업을 하는 사람은 아니지만 이제는 정말 건강도 챙기고, 돈보다는 다른 것에서 마음의 여유를 찾으면 좋겠다는 생각이 든다.

포기하는 즐거움을 알고, 노년의 향기를 스스로 내뿜으면서 여유있게 삶이 다가온다. 현대인들 중엔 다이어트를 하는 이들이 부지기수다. 나이가 들어갈수록 정말 필요한 다이어트가 있다면 그것은 체중 줄이기가 아니라 일과 활동에 대한 다이어트가 아닐까 싶다. 무엇이든 지나치면 문제가 된다. 몸도, 마음도, 정신도 가벼울 때, 인생은 더욱 즐거워진다.

첫째, 체력과 능력을 냉정한 입장에서 판단해라

시니어들이 정말 명심해야 할 부분이다. 건강이나 능력에 대해 자만하는 것은 절대 안 될 일이다. 다양한 것을 즐기고 활동적으로 사는 것도 좋지만 지금 당장의 즐거움만 생각할 게 아니라, '경우의 수'도 미리 계산해야 한다. 건강을 잃으면 모든 게 소용없다는 것을 다시 한 번 생각해 볼 일이다.

둘째, 정리가 필요하다

취미도, 일도, 포기할 것, 버릴 것은 정리를 하고 가벼운 마음으로 즐겁게 임하는 자세가 중요하다. 두 마리, 세 마리 토끼를 한꺼번에 다 잡겠다는 욕심은 버려야 한다. 가급적이면 신중하게 판단을 내리고 정리할 것은 과감하게 포기하거나 버리는 게 화를 사전에 방지하는 일이다.

셋째, 자녀들의 인생에 지나치게 관여하지 말자

50, 60이 되면 자녀들이 대부분 성인이고 출가한 경우도 많다. 자녀들의 삶에 지나치게 간섭하다 보면 본인 스스로 스트레스를 만드는 일이 된다. 내 인생은 내 것, 자녀들 인생은 그들의 것이라는 구분을 지어야 한다. 부모이기에 때로는 조언도 해주고 관심도 가져야 하지만 '이래라', '저래라' 하는 것은 금물이다. 안타깝다고 지속적으로 돈을 퍼주는 것도 절대 해서는 안 될 일이다. 특히 경제적인 부분은 자녀들이 강하게 독립할 수 있도록 해야 한다.

일단 저질러라

'Make hay while the sun shines'

고등학교 1학년 때였다. 예나 지금이나 변함없이 내 기억 속을 지배하는 특별한 스승인 이재화 영어선생님은 수업이 시작되면 먼저 영국 속담을 한 가지씩 칠판에 써서 알려주셨다. 40여 년의 시간이 흘러갔지만 그때 적어두었던 속담 중 기억나는 것이 여러 개다. 그 중에서도 '태양이 비칠 때 건초를 말려라' 는 이 속담은 내가 가장 좋아하는 속담으로 강의를 할 때나 후배들과 대화를 할 때 자주 활용한다.

사람들을 만나다 보면 안타까움 같은 게 느껴지는 사람들이 있다. 그들은 어디가 아프다거나 불행에 처한 이들이 아니다. 그러니 동정의 시선과는 전혀 다른 것이다. 다름 아닌 새로운 도전이나 시도를 결정하는 것에 약한 사람들이다. 그들은 눈에 보이는 능력도 있다. 겉으로는 나타나지 않지만 잠재력이 충분하게 느껴진다. 그런데 망설인다. 할까? 말까? 머릿속으로 갈등하고 고민하는 사이에 시간은 흘러간다. 그렇게 한 해 두 해가 지나가면서 꼭 해보겠다고 다짐했던 그 무언가는 기억 속으로부터 시나브로 멀어져간다.

7년 전 일반인들을 대상으로 한 에세이 강의에서 마흔여덟 살의 한 여성을 알게 됐다. 그녀는 초등학교 시절부터 독서를 즐겼고 글짓기 대회에 작품을 내면 간간이 상을 타곤 했다. 이 때문인지 작가가 되고 싶었지만 가정 형편상 고등학교를 상업계 학교로 진학하면서 꿈은 멀어져갔다. 졸업 후 세무사 사무실에서 직장생활을 하다가 결혼을 한 후로는 세 딸을 키우는 평범한 가정주부로 남았다. 그 해 가을 일주일에 한 번씩 내 수업을 받던 그녀가 말했다.

"선생님 사실 나는 국문학과에 들어가고 싶었거든요. 그런데 이제는……,"

"정말입니까? 늦지 않았어요. 살림하느라 학교에 다닐 시간이 없다면 집에서 혼자 공부하는 방송통신대학교 국문학과에 입학하세요."

그녀는 글 쓰는 실력이 남달랐고 열정이 강했다. 새로운 한 가지를 가르쳐주면 다음 원고에는 어김없이 접목시키는 노력도 게을리 하지 않았다. 그렇게 5개월 정도의 시간이 흘러갔고 신년이 되었다. 어느 날 인터넷에서 검색을 하다가 눈에 들어오는 것이 있었다. 한국방송통신대학교 입학생 모집요강이었다. 순간 나는 곧장 그녀에게 전화를 걸었다. 집에서 독학처럼 하는 공부지만 출석수업도 있고 같은 지역 내 동료들과 스터디도 해야 하는데 힘들 것 같단다. 가장 큰 걸림돌은 남편이라고 했다. 워낙 외부활동을 하는 걸 싫어하기 때문에 포기하고 있었단다. 아이들이 컸고 경제적으로도 쪼들리지도 않는데다 남편도 몇 번 인사를 나눈 적이 있었기에 나는 딱 잘라 말했다. "이번에도 도전하지 않으면 정말 못한다. 여러 생각 하지 말고 원서를 접수해라."고 마치 내 자식 나무라듯이 다그쳤다.

이를 계기로 방통대 국문학과에 입학한 그녀는 첫 학기부터 좋은 성적을 내면서 장학금을 받았고 2학년이 되면서부터는 왜 진작 안 했는지 후회스러울 정도였다며 즐거워했다. 단 한 학기도 휴학하는 일 없이 공부를 마친 후 지금은 시 습작에 몰두하면서 B시에서 인지도가 있는 마을신문의 편집장이 되어 자원봉사활동을 펼치고 있다. 그녀는 만날 때마다 입버릇처럼 말한다. "작가님이 내 인생을 바꿔놓았어요."라고.

오랫동안 공부와는 담을 쌓고 있던 시니어들이 수십 년 만에 도서관을 드나들며 책과 씨름을 하는 것이 말처럼 쉽진 않지만 도전은 그 자체만으로도 사람을 변화시키고 결과는 또 다른 성공을 불러오게 된다. 중장년층에게는 인생 2막을 위한 밑거름이 되고 노년기에는 삶의 활력소이자 최고의 비타민이 된다.

지인 중 또 다른 한 사람 K도 50세에 터닝포인트를 찾아 새로운 삶을 개척하는 모습을 본 적이 있다. 10여 년 간 사법고시 공부를 하다가 마흔이 다 되어 결혼을 했던 그는 마땅히 할 일이 없어 아내와 옷가게를 운영하다가 시간이 흐르면서 그마저도 아내에게 맡기고 집에서 소일거리를 하면서 지냈다. 21세기로 막 들어서던 그 시절 인터넷을 활용한 주식거래가 활성화될 무렵이었던 터라 하루 몇 시간씩 방안에서 컴퓨터만 쳐다보면서 보내고 있었다. 이런 상황을 잘 알고 있던 후배가 참다못해 독설을 날렸단다. "허구한 날 컴퓨터에서 대박만 쫓지 말고 사시 공부 오래 했으니 그 지식 썩히지 말고 차라리 조금 더 공부해서 공인중개사 자격증이라도 취득하면 할 일이 생기지 않을까요?"라고. 후배의 말을 듣기 전까지는 K도 새로운 공부나 비즈니스에 대한 도전을 하려고 고민을 많이 했지만 결정을 하지 못하고 차일피일 미루다 보니 몇 년의 시간이 흘러갔다고 했다. 이 말에 자존심도 상하면서도 한편으로는 정신이 번쩍 드는 충격을 받았다는 K는 1년 동안 시험공부를 하여 자격증을 취득한 후 공인중개사 사무실에 나가서 2년 동안 실무 경험을 쌓은 후 직접 사무실을 냈고 이어서 대학원 석사과정을 밟은 후 강의까지 나가게 됐다.

'나이는 숫자에 불과하다'는 말처럼 도전에 나이란 중요하지 않다.

중요한 것은 하루라도 더 시간이 흘러가기 전에 먼저 도전하면 그만큼 자신이 누릴 수 있는 만족과 보람도 더 오래 더 많이 얻을 수 있다는 것이다. 시간은 나를 위해 기다려주지 않는다. 세상에서 제일 비싼 금은 '지금'이라는 유우머가 시니어들에게는 유우머가 아닌 현실이다. 다가오는 시간을 어떻게 활용하면서 떠나보낼 것인지는 각자의 결정에 달려 있다. 지금 벽에 걸린 우리의 인생시계는 묻고 있다.

　"당신은 언제 시작할 겁니까?"

통하려면
먼저 세대를 이해하라

언제부터인가 인터넷에 들어가면 대체 이게 무슨 말인지 알 수가 없어 궁금증을 자아내는 말들이 종종 나타난다. 오래 전 '쌩얼'과 '지름신'의 뜻을 몰라 30대 초반의 후배기자에게 물어본 적도 있다. 반대로 20, 30대 젊은 후배들과 술을 마시다가 70년대 80년대 영화배우나 가수의 이름을 말하면 "그런 사람이 있어요?"라고 말하기도 하고, 70년대 초등학교시절 무상급식용으로 받았던 건빵이나 교내 각종대회에서 수상을 하면 학용품을 상품으로 받았다고 말하면 '아, 옛날엔 그랬었구나' 하고 의아해 하는 모습을 보게 된다.

같은 시대를 살면서도 일상생활에서 젊은층이 사용하는 언어와 중장년층이 사용하는 언어가 서로 다르다. 젊은층이 즐기는 문화와 중장년층이 회상하는 젊은 날의 문화가 확연하게 다른 것이다. 그러다 보니 때로는 대화의 장벽(?)이라는 말이 나올 만큼 소통이 어려운 상황도 발생한다. 이런 것을 두고 '세대 차이' 또는 '세대 간 문화 차이'의 단적인 예라고 말할 수 있다.

요즘 장년층 또는 노년층들과 2, 30대 젊은층과의 세대 차이는 아주 큰 편이며, 이로 인한 갈등의 골도 깊어지는 양상을 보이고 있다. 세대 간의 갈등은 어느 시대, 어느 사회에서든지 나타나기 마련이지만 우리나라의 경우 산업사회에 이어 정보화 사회로의 발전이 지난 4반세기 동안 급속도로 진행되어서인지, 유독 세대 간의 갈등이 크게 나타난다. 이런 세대 간의 갈등의 골이 깊어지다 보면 사회문제가 되고 이와 관련된 사건들도 빈번하게 나타나기 마련이다.

그 단적인 예가 서로의 문화나 의식차이로 인해 요즘 들어 부쩍 자주 발생하고 있는 젊은층과 중장년 또는 노년층과의 시비나 싸움이다. 특히 지하철이나 공공장소에서 젊은층이 노인들에게, 노년층이 젊은층에게 심한 욕설과 폭언을 하거나 때로는 '묻지 마' 폭력을 가해 충격을 주고 있다. "동방예의지국은 어디로 갔냐?", "어른이면 어른답게 행동하라.", "분통이 터진다."식의 말들이 나오고 있다.

세대 간의 의식차이는 고령화 사회에 나타나는 사회적 갈등의 단적인 예다. 어차피 같은 시대에 함께 어우러져 살아가야 한다면 세대 간의 갈등은 반드시 해소되고 해결돼야 한다. 방송활동을 하는 나로서는 이따금씩 "세대 간의 갈등, 세대의 특징을 알면 풀린다."는 말을 전하곤 한다. 나이 차이, 세대 차이가 있더라도 어차피 함께 일하고, 함께 문화를 공유해야 하는 게 가정이든 밖에서든 우리의 사회생활이다. 기업이나 사회단체, 동호회 같은 조직에서는 허심탄회하게 서로 각자가 지닌 의식이나 문화에 대한 토론을 하고 서로의 간격을 좁혀가는 추세다. 사실 젊은이라고 해서 다 과격하거나 버릇없는 것도 아니고, 세대가 다르다고 해서 말이 통하지 않는 것은 아니다. 특히 기성세대라고 해서 한결같이 고지식하고 일방적인 사람들만 있는 것은 결코 아니다. 서로 이해하고 양보하는 가운데 간격을 좁혀가다 보면 문제는 해소될 수 있다.

지금 우리 사회의 구성원들은 크게 4개 층의 세대로 구분할 수 있다. 이를테면 보릿고개를 경험한 60세 이상의 유신세대, 민주화를 위해 시위를 하던 40대 후반부터 50대 중 후반의 386세대, 그리고 86 아시안게임, 88올림픽을 보면서 소위 '88꿈나무'로 통하던 30대 중반부터 40대 중반까지의 신세대, 그리고 10대, 20대, 나아가서는 30대 초반까지의 피자와 모바일문화에 길들여진 M세대로 나눠진다.

우리나라는 급속한 경제성장과 격정의 세월을 보낸 나라다. 불과 10년, 15년 나이 차이에도 불구하고 사람들은 제각각 서로 다른 문화와 다른 사고로 성장했다. 세대 간의 갈등의 골이 깊어지는 것은 그 세대의 단점이 많고 잘못되어서가 아니라 서로 이해와 양보가 부족해서다. 서로가 살아온 시대적 특징을 이해하고 서로의 장점을 치켜세워주고 단점은 잘 개선할 수 있도록 이끌어주고 이해한다면 세대 간의 의식과 문화의 격차나 갈등은 빨리 줄어들 수 있을 것이다.

우리는 '다름'을 인정해 주는 문화에 익숙해 있지 않다. '저 사람은 왜 저래'나 '저 사람은 나와 세대가 달라서 이해할 수 없어'가 아니고, '저건 저 사람의 개성이고 취향이다' 또는 '아, 저 사람은 이런 세대에 살았기에 저런 성향을 지니고 있고, 저런 문화를 즐기는구나'라고 일단 인정하고 이해해 주는 것이다. 그 다음은 서로의 장점을 찾아내서 높이 평가하고 융화하려는 노력을 기울여야 한다. 중장년층이나 노년층인 윗세대들은 M세대나 신세대 젊은층의 개성과 뛰어난 IT활용 능력을 칭찬하고 인정해 주면서 그들과 같이 즐기고 어울리면 된다. 반대로 M세대나 신세대 젊은층은, 중장년층 노년층 세대의 강한 의지력과 절약정신과 따뜻한 휴머니즘을 배우고 존경해야 한다. 그들은 바로 자신들의 부모님이나 할머니, 할아버지들이다. 그분들을 존경하는 것은 당연한 일이다. 특히 예의범절 면에서는 간혹 시대에 맞지 않는 불합리한 것도 있지만, 배울 게 많은 것도 사실이다. 가정에서는 윗세대들이 손자손녀 자식들에게 직접 가르쳐주는 노력도 필요하다. 다만 훈계나 명령 지시가 아닌 자연스러운 소통문화를 활용해야 한다.

세대 별 특징

유신(55년생 이전)세대

유신세대는 현대문물을 받아들이긴 했지만 여전히 유교적이고 보수적인 성향을 지녔다. 국가와 민족 앞에 충성을 다하는 게 도리라고 생각했던 세대다. 가난에 한 맺힌 이들도 많다. 그래서 70년대부터 90년대에 이르기까지 경제성장과 호황기를 통해 재산을 늘렸고, 자식들에게는 가난을 대물림하지 않겠다는 의식이 강하다. 또 젊은 시절 팝송을 접하고 영화관을 찾았지만 여전히 한국의 전통문화에 길들여져 있다. 이를테면 남성 중심의 문화다. 그런가하면 절약이 미덕이고, 자신들을 위해서는 맘껏 소비하지 못한다. 사회나 직장에서는 가부장적인 의식이 몸에 배어서 다소 독선적이고, 대화 중심이 아닌 행동 중심의 사고가 강하다. 때문에 직장이나 사회조직에서는 新세대나 M세대에게 "너희가 뭘 알아."라고 말하곤 한다.

386(55년생~68년생)세대

중장년층들로 70, 80 민주화와 청바지 문화를 받아들인 사람들이다. 지금 한 가정의 가장으로, 자녀들이 이미 대학을 졸업한 이들도 있고, 지금 대학 재학 중이거나 막내가 고등학교에 다니는 연령대다. 직장에서는 주로 부장급 이사급들로 은퇴를 앞둔 이들이 많다. 2000년을 전후로 생겨난 벤처기업의 사장들이 대부분 386세대다. 흔히 70, 80세대라고 부르기도 한다. 대학가요제와 통기타 낭만을 즐기면서 동시에 독재정권에 대해 불만을 드러냈다. 민주화운동에 앞장섰고 단합이 잘되었다. 신세대들처럼 자유롭게 표현하고 싶지만, 마음속 한구석에는 '나는 한국사람' 내지는 '그래도 윗사람인데'라는 애국심과 배려가 강하다. 기성세대의 보수적이고 독선적인 스타일을 버리려고 가정이나 직장에서 대화를 통해 문제를 풀어 가려고 하는 편이라서, 유신세대 즉 노년층과의 갈등의 골은 깊진 않다. 아래 위를 동시에 이해하면서 할 말 다 못하고 사는 '끼인세대'라고 말하기도 한다.

新(70년생~82년생)세대

흔히 "우린 서태지 세대, 개성, 실속주의자들"이라고 말하는 세대다. 경제 부흥기에 태어나서, 비교적 여유 있는 환경에서 성장한 이들이 많다. 새로운 음악과 문화를 스스로 재창조하면서 PC통신을 접하고 인터넷도 가장 먼저 접했다. 문화적인 면에서는 천편일률적이던 문화에 다양한 개성을 입히며 새로운 생산자가 되었다. 이들은 청소년기나 청년시절 IMF를 겪으면서 합리주의적인 소비자로 등장했다. 새로운 시도에 적극적이며, 386세대의 정서에 비해 쿨(Cool)하게 문화를 즐긴다. 자신이 좋아하는 것에는 아낌없이 투자한다. 자신이 속한 조직 내에서의 인간관계는 매우 중시 여기고, 매사에 안정주의 합리주의 입장을 취한다.

M(83년생~)세대

"난 나야."라고 외치는 인터넷, 모바일 마니아들이다. M세대의 가장 큰 특징은, 휴대폰을 통신수단 외의 다양한 용도로 활용하고, 나 자신(Myself)을 중시하는, 이른바 '나 홀로'족이다. 자신들 세대만의 모바일 언어, 즉 386세대나 기성세대는 알아듣기 힘든 은어나 속어에 익숙해 있다. 경제적으로 어려움 없이 민주주의적 사회 환경에서 자라면서, 문화적으로도 다양성을 인정하며 성장했다. 정치와 사회에 관심이 없다. 직장 내에서 이들은 대화가 통하지 않아도 불편하다거나 고민하지 않는다. 남의 시선은 전혀 개의치 않으며 자기중심적이다.

다음 세대를 생각하는
어른이 되자

19세기 미국 학자 제임스 클라크는 직업정치인을 정치가와 정치꾼으로 분류하고 이런 명언을 남겼다.

"정치꾼은 다음 선거를 생각하지만, 정치가는 다음 세대를 생각한다."

정치 얘기를 하려는 건 아니다. 나야말로 정치와는 사돈의 팔촌보다도 먼 사람이다. 정치에 관심이 없다는 게 자랑할 일은 아니지만 짧게라도 해명을 한다면 그간 이 나라의 많은 정치인들에게 그 어떤 존경심을 갖기보다는 되레 심기 불편한 일이 많았기 때문이다. 다만 내가 제임스 클라크의 말을 거론하는 데는 '다음 세대를 생각해서라도'라는 구절이 떠올라서다.

오늘 하루 나 자신을 위해 최선을 다하고 열정적으로 사는 것은 멋진 일이다. 그런데 더 멋진 일이 있다. 나 자신을 위해서도 열심히 살았지만 이것이 나 자신 내 가족만을 위한 것이 아니고 다음 세대를 위해서도 꼭 필요한 일이라면 더 의미있고 멋진 일이다. 자신이 태어나고 자란 국가를 위해 위대한 업적을 남긴 수많은 영웅들이 여기에 해당하는 사람들이다. 전 세계의 많고 많은 그들 중에서도 나는 스페인이 낳은 천재 건축가를 자주 떠올리곤 한다. 바로 안토니 가우디(Antoni Gaudi)다.

건축에 대해서 아는 게 없다. 손재주라곤 집에서 벽에 대못 박는 것조차도 어설프다는 소리를 들을 정도다. 이런 나에게 스페인 여행에서 두 차례에 걸쳐 만난 가우디의 건축은 특별한 기분을 안겨주었다. 그가 설계한 건축물들은 곡선이 지배적이다. 벽과 천장이 굴곡을 이루고 섬세한 장식과 색채가 넘쳐 아주 독특한 분위기를 풍긴다. 마치 동화 속 스머프의 집을 연상케 하는 그림 같은 건물들이거나 웅장하면서도 아름다움이 충만된 대작들이다. 생각 같아서는 그대로 들고 옮겨오고 싶은 그런 충동을 느끼게 했다. "건축물의 모양과 기능은 그 지역의 자연을 모방할 것이며, 건축 재료는 항상 그 지역에서 생산되는 것을 사용할 것이다."라는 자신의 명언을 실천한 건축가 가우디! 그가 남긴 대부분의 건축물들은 돌을 주 소재로 사용하여 지어졌으며 굵기가 제각각이거나 휘어진 기둥, 그리고 위로 올라갈수록 굵어지는 기둥이다. 바르셀로나에 있는 카사 밀라, 구엘 저택, 구엘 공원, 라 사그라다 파밀리아, 카사 바트요와 같은 건축물은 그야말로 전 세계인의 발길을 끌어 잡아당기는 명소로 자리매김해 있다. 그의 7대 건축물이 유네스코 세계문화유산으로 지정되었을 정도다. 1년 365일 전 세계 수많은 사람들이 단지 건축물이 아닌 그의 작품을 보기 위해 스페인 바르셀로나를 방문한다.

우리가 가우디에게 주목해야 할 더 특별한 이유는 작품의 예술성을 뛰어넘어 따로 있다. 바르셀로나에 가면 가장 먼저 떠오르는 인물은 천재건축가 안토니 가우디이고, 스페인 국왕의 이름보다도 가우디의 명성이 자자하다. 그의 건축세계에는 후세를 생각한 정신이 담겨 있기 때문이다.

'라 사그라다 파밀리아' 우리말로는 '성가족 대성당'이라는 이름의 성당인데, 이 건축물만 보더라도 가우디의 정신세계를 들여다볼 수 있게 된다. 성당은 지금도 바르셀로나 도심 한복판에서 건축을 진행중이다. 놀라운 사실은 1882년부터 공사가 시작됐다는 것이다. 가우디가 설계를 했고 주임을 맡아 건축을 지휘하게 되었으며, 1926년 그가 사망할 때까지 40여 년 동안 공사가 계속됐다. 그는 자신이 죽을 때까지 성당이 완공되지 않을 것을 이미 알고 죽은 뒤에도 후세들이 이 성당 공사를 이어갈 수 있도록 수많은 모형과 스케치를 남겼다. 지금도 그 모형과 스케치를 바탕으로 공사가 이어지고 있다.

놀라운 사실은 이 뿐만이 아니다. 이 성당을 찾는 관람객들의 입장료와 기부금만으로 공사비가 충당되고 있다는 것이다. 성당은 현재 건축 중이지만 내부에 들어가 계단도 올라가고 그곳에서 바르셀로나 시내를 볼 수도 있고 내부 이모저모를 관람을 할 수 있다. 엘리베이터를 타거나 또는 외벽 속으로 미로처럼 이어진 계단을 따라 빌딩 30여 층 이상의 높이까지 올라갈 수 있다. 그래서인지 늘 이 성당 앞에는 전 세계에서 온 관광객들이 줄을 서서 기다린다.

성당은 가우디가 사망한 지 100주년이 되는 오는 2026년 준공될 예정이라고 한다. 요즘 100층이 넘는 마천루들도 몇 년 만에 짓는 것을 보면 성가족 대성당은 그 의미가 다르게 다가온다. 어느 한 부분 예술적 가치가 묻어나지 않는 곳이 없다고 해도 과언이 아닐 정도인데다 140여 년에 걸쳐 완성되는 건축물이니 몇 세대를 이어온 셈이다. 이 성당과 관련해서 재미있는 에피소드가 있다. 가우디가 살아 있을 때 이 건축물을 짓는 과정에서 후원금이 줄어들어 성당 건축의 진도가 더뎌지자 한 제자가 "언제까지 이 성당을 완성할 수가 있겠느냐?"고 물었다고 한다. 그러자 가우디가 한 대답은 이러했다.

"이 성당 건축의 의뢰인은 하느님이시니 아주 가난하신 분이다. 건축비가 제때 조달되지 못하더라도 쉬엄쉬엄 지어라. 언제 끝날지 신경 쓰지 않아도 된다. 그 분은 영생하시는 분이시니 바쁜 분이 아니시니라."

종교적인 의미와 메시지도 숨어 있지만 이런 가우디의 정신을 생각하면 '빨리빨리' 문화로 대표되는 우리나라 사람들의 의식과 비교를 하게 된다. 가우디와 바르셀로나 대성당 사그라다 파밀리아는 정말 여러 가지를 생각하게 해준다. 가우디의 건축물은 그것을 설계한 가우디가 자신의 예술성을 발휘하는 목적만이 아니라 정신적 문화유산을 후세들에게 남겨주었다는 의미가 크다. 이런 가우디에게서 우리는 단기간에 나의 목표 달성과 나만의 충족을 추구하는 것보다 더 소중한 것은 시간의 여유를 갖고 무언가를 실현시킴으로서 다음 세대들에게 역사와 예술성을 알리고 관광경제효과까지 낳는 업적을 남기는 것이야말로 한 사람의 인생에 있어서 정말 가치있는 일이라는 것을 배우게 된다. 바르셀로나를 방문하는 관광객들 사이에서 오죽하면 "여기는 가우디가 먹여 살리는 도시 아냐?"라는 말이 나올 정도이니까.

사실 바르셀로나는 가우디 말고도 또 한 사람 유명한 예술가의 도시이기도 하다. '아비뇽의 처녀들'과 '게르니카' 같은 명작을 통해 입체파의 기수로 알려진 피카소다. 스페인 남부 말라가에서 태어난 피카소는 10대 청소년기를 바르셀로나에서 보냈다. 미술을 본격적으로 공부하기 시작한 것도 이때부터였다. 파리로 가기 이전의 젊은 날에 주로 그린 삽화들을 전시하는 피카소미술관도 이곳 바르셀로나에 있다. 피카소미술관 역시 한참동안 줄을 서서 기다려야 들어갈 수 있을 만큼 세계인들의 명소다. 스페인이라는 나라와 바르셀로나라는 도시, 그리고 그 나라의 옛 어른들인 가우디와 피카소가 존경스럽고 이런 선조를 가진 스페인사람들이 부럽지 않을 수 없는 일이다.

나는 내 자식과 손자에게만이 아니라 이 땅의 후손들에게 어떤 어른으로 남을 것인가? 이 물음에 답하는 가장 빠른 방법이 바로 이 책에서 말하고자 하는 버킷리스트를 통한 실천인 것이다.

첫째, 후세들에게 전해 줄 가치있는 것은 아주 가까운 곳에 있다

사람들은 흔히 '내가 무슨 그런 큰일을' 이런 말을 자주한다. 누구든지 얼마든지 다음 세대들을 위해 위대한 업적 남길 수 있다. 집에 있는 나무 한 그루만 잘 키워도 환경의 지킴이가 되고 볼거리가 되며 수십 년 전에 발행한 잡지 한 권만 잘 보관해도 훗날 그것은 역사적으로 중요한 자료가 되고 볼거리가 된다. 뭐든지 좋다. 잘 가꾸고 보존하는 것만으로도 가치있는 일을 하는 거라고 생각하면 된다.

둘째, 급하게 서두르지 말자

로마는 하루아침에 이루어지지 않았다고 했다. 빨리 가는 것이 좋을 때도 있지만 그보다는 생각을 다져가면서 조금 늦더라도 알차게 진지하게 걸어가는 인생행로는 어떨까.

셋째, '나만이 아니라 우리 모두'라는 의식을 갖는 것이다

내 배만 부르고 내 가족만 잘 사는 것 이것에만 목숨을 걸다 보니 욕심만 커지고 그게 화근이 되어 인생마무리를 아주 볼품없이 해버리는 어른들이 많다. 한번쯤은 대한민국의 한 사람으로 태어나 나는 어떻게 살다가 무엇을 남기고 떠날 것인가를 진지하게 생각하는 시간을 갖는 것도 중요하다.

취미가 봉사로 이어진다면
금상첨화다

"은퇴 후 어떻게 지낼 것인가요?"

은퇴를 앞둔 50, 60대 시니어들에게 퇴직 후 무엇을 할 것이냐고 물으면 봉사활동을 하고 싶다고 말하는 이들이 적지 않다. 구체적으로 어떤 활동을 할 것인지 활동테마를 정해놓았거나 보다 잘하기 위해 배우며 준비하는 이들도 있지만 의외로 많은 이들이 막연하게 사회 봉사활동을 하고 싶다고 말한다. 이유와 방법이 어찌됐든 은퇴 후 봉사활동을 하겠다는 이들이나 실행으로 옮기고 있는 이들을 만나면 마음이 훈훈해진다.

어떤 일이든 내가 가진 재능이나 시간 능력을 쏟아서 누군가에게 도움이 되고 힘이 되고 위로가 되어줄 수 있다는 것은 아름답고 따뜻한 세상을 만들어가는 데 한몫을 거드는 일이다. 물론 봉사활동이란 무엇보다도 그 실행 자체에서 스스로 보람을 느낄 수 있다는 것이 자발적인 활동을 유도하는 동력으로 작용한다. 그 때문일까. 어려운 이들을 돕고 재능을 기부하고 나눔을 실천하는 이들의 공통점이 있다면 그들 대다수는 '나 자신을 위해서'라고 말한다. 봉사나 나눔활동을 통해 마음의 평온도 갖게 되고 즐거움을 느끼는 것은 물론이고 활동 그 자체만으로도 기초체력 유지에 도움이 되기 때문에 결과적으로는 자신의 행복을 위해서 한다는 얘기다.

'이왕이면 다홍치마'라고 했다. 어차피 할 일이라면 내 몸과 마음이 더 즐겁고 신나는 일을 하면 이보다 더 좋을 순 없다. 같은 시간 같은 힘을 들이더라도 활동으로 인한 보람도 크지만 스스로를 신명나게 만들어주는 일이라면 얼마나 멋진 인생인가?

2년 전 7개월 남짓 한 공단에서 발행하는 잡지에 프리랜서 기자로 활동을 한 적이 있다. 시니어들의 즐거운 자원봉사활동을 생각하면 그때 만난 취재원들 중 떠오르는 한 봉사단이 있다. 악기 연주를 통해 지역사회 봉사활동을 펼치는 퇴직 교사 출신의 시니어들이다. 그들은 색소폰, 기타, 전자올겐 등의 연주자들로 장애우들이 있는 복지시설이나 노인복지관, 요양원 등을 정기적으로 방문하여 연주활동으로 봉사를 한다. 60대, 70대들로 교단의 선후배 사이인 그들은 자비를 들여서 악기를 구입하고 전문가에게 지도를 받은 후 지속적인 연습을 하면서 연주 실력을 갈고 닦는 이들이었다. 때로는 작은 선물까지 준비해서 봉사활동에 나가기도 한다고 했다. 그들은 하나같이 행복하다고 했다. 봉사활동을 통해 얻는 만족감도 크지만 자신들이 좋아하는 악기 연주활동이어서 취미생활이 곧 봉사활동으로 이어지기 때문이란다. 매월 안정된 연금을 받는 이들이다.

여유가 되니까 그런 활동도 한다고 말할 수도 있겠지만 누구나 그렇지는 않다. 연금을 받는다고 해서 그들처럼 자기 돈 들여가면서 활동을 할 수 있는 것은 아니다. 월 몇 십만 원의 활동비를 들여가면서 봉사활동에 시간을 할애하는 일은 결코 쉬운 일이 아니다. 봉사는 돈으로만 가능한 일이 아니기 때문이다.

장기간에 걸쳐서 봉사활동을 생활의 일부분으로 만든 이들에게는 그들만의 특징이 있다. 활동 자체가 스스로에게 엔돌핀을 생성시켜 줄 수 있을 만큼 즐거움을 동반해야 한다는 것과 일시적인 것이 아니고 지속적인 활동을 이어가려면 반드시 열정이 필요하다는 것이다. 이는 다시 말해 자신의 취미나 장기를 봉사활동에 접목시키는 것이야말로 봉사자나 수혜자 모두에게 가장 효과적이라는 것이다.

광주에서 만난 그들 멤버 중 한 사람에게서 들었던 말이 인상적이다. A는 퇴직을 5년쯤 앞둔 시점에서 고민을 했다고 한다. 30여 년이상 일해 온 학교에서 떠나면 무엇을 할 것인가에 대해서. 돈을 버는 직업활동도 좋지만 장기간 열심히 교직에서 후학을 가르치느라 취미생활을 못한 만큼 스스로에게도 뭔가 보상을 해줄 수 있는 취미생활을 즐기고 싶었단다. 그것이 사회봉사로도 이어진다면 더 멋진 일이라는 생각에 그때부터 대학시절 배우다 말았던 기타를 배우고, 색소폰과 같은 다른 악기들도 배웠다고 했다.

우리나라 시니어들도 이제는 시간과 경제적 여유가 생기면서 저마다 다양한 취미활동을 즐기고 있다. 한 가지를 몇 년 즐기다가 새로운 것에 관심이 가면 그것에 집중하는 이들도 있고, 동시에 두세 가지 취미활동을 하는 이들도 있다. 취미생활 중 어느 한 가지만이라도 나도 즐겁고 다른 누군가를 즐겁고 행복하게 해줄 수 있다면 두 마리 토끼를 잡는다는 말을 내 것으로 만드는 일이 아닐까. 악기연주든 다른 재능기부활동이든 어떤 것이든지 좋다. 봉사활동은 좋고 나쁜 것이 없다. 내가 가진 재능을 나누는 것 그 자체만으로도 당신은 돈으로 환산할 수 없는 가치의 노블레스 오블리주를 실천하는 일이 될 것이다.

내려놓기를 아는가?

후세에게 존경받는 삶을 산 지혜로운 선인들일수록 나이가 들면서 자신을 내려놓았고, 그러기 위해 욕심을 버리며 살았다는 것이 이미 많은 이들의 삶의 기록을 통해 잘 알려진 사실이다. 그래서인지 인생을 멋지게 살다가 아름답게 떠나려면 명예나 돈에 집착하지 말아야 한다고들 말한다. 물론 '욕심을 버린다'는 게 쉬운 일이 아니다. 특히 돈에 대한 욕심은 더욱 그렇다. 하지만 욕심을 스스로 자제하고 내려놓는 삶을 실천해야 한다.

지난 30여 년 간 하루가 멀다 하고 '노블레스 오블리주' 실천에 앞장서야 할 사회지도층 인사들의 비리가 사회 이슈로 등장하고 있는 나라가 대한민국이다. 법관, 고위공무원, 기업인이 비정상적인 방법으로 부를 축적하려다가 문제가 된 사건 뉴스가 연일 터져 나온다. 설령 지도층 인사가 아닐지라도 비정상적인 방법을 동원하여 돈을 끌어 모으면서 사리사욕을 채우는 그야말로 추악한 행동을 하는 이들의 사건도 적지 않다. 이 때문에 열심히 사는 서민들, 중소기업인들, 진정한 학자, 법관들, 소신을 갖고 사명감으로 일하는 공직자들은 엄청난 스트레스를 받게 된다.

경제적인 성장과 스포츠 강국이 되는 것만으로는 진정한 선진국이될 수가 없다. 정신적인 면과 도적적인 삶에서도 발전해야 한다. 무엇보다도 청렴해야 존경받는 사회적 분위기가 조성돼야 한다. 이는 우리 사회를 이끌어가는 지도층들과 평범한 시민이지만 우리 사회의 어른인 시니어들이 솔선수범해야만 만들어진다.

끊임없이 욕심을 채워나가는 탐욕스런 사람들에게 경종을 울릴 수 있는 우리의 선조 중 한 사람을 꼽는다면 조선시대 명재상으로서 청렴한 삶을 살았던 황희 정승을 지목하는 이들이 적지 않다. 그의 일화들을 들여다보자.

청렴하면 가난하다는 인식은 예나 지금이나 비슷했다. 이런 사회적 분위기가 더러는 청렴한 사람을 오히려 바보로 만드는 것만 같아서 씁쓸할 때도 있다. '황희 정승' 하면 우리나라 사람이라면 모르는 이가 거의 없는 재상이다. 조선시대의 최장수 재상으로 기록될 만큼, 화려한 정치경력을 자랑하는 대표적인 재상으로 그는 세종으로부터 오랫동안 능력을 인정받은 재상이기도 하지만, 청렴한 관료의 대표적인 인물이다. 오죽하면 '황희 정승네 치마 하나 가지고 세 어미 딸이 입듯'이란 말이 있겠는가. 황희 정승네는 식구가 많아서 나라에서 나오는 것만으로 먹고사는 게 어려워 고생이 이만저만이 아니었다고 한다. 너무 청빈해서 아내와 두 딸은 변변한 치마도 없었다는 것이다. 그래서 집에 손님이 오면 치마 하나를 번갈아 입고 손님 앞에 나가 인사했다는 데서 나온 말이다. 한 나라 재상의 아내와 딸이 치마 하나를 번갈아 입었다고 하니, 참으로 놀라운 일이다. 이뿐만이 아니다. 집이 허름해서 여름에 장마가 지면, 우산 같은 것을 쓰고 식구들이 모두 한 자리에 앉아 비를 피할 정도였다는 말도 전해진다. 워낙 오래 전의 인물인데다 어떤 자료가 정확한 사실인지 증명해 보이기 어렵지만, 황희 정승에 대해 역사적으로 전해져 내려오는 일화들은 대부분 청렴하게 산 재상이었다는 내용이 공통분모다.

그가 고려의 마지막 왕인 공양왕에 이어, 조선시대에는 태조, 정종, 태종, 세종 등 모두 5명의 왕을 모신 재상이었다는 점도 역사상 보기 드문 일이다. 세종 31년인 1449년에 벼슬에서 물러날 때까지, 18년 간 영의정에 재임했다. 은퇴할 당시 나이가 87세였으니까, 노년기에도 국가를 위해 왕성하게 일을 한 셈이다. 그는 세종한테 가장 신임을 받는 재상으로 명성이 높았다. 인품이 원만하고 청렴해서 존경을 받았고, 시문에도 뛰어났다. 황희 정승이 활동하던 시기는,

고려에서 조선으로 교체되던 우리 역사의 격동기였다. 황희 정승은 고려 말에 과거에 급제한 뒤, 성균관 학관을 거치면서 청운의 푸른 꿈을 키우던 관료였다. 물론 이런 황희 정승도 새 왕조인 조선이 건국되는 역사적 사건 앞에서 한때 정치적 시련에 빠진 적도 있었다. 양녕대군의 세자 폐위 문제와 관련해서 한동안 남원에서 유배생활을 하기도 했다. 그러나 세종은 즉위 후 황희 정승을 불러들였고, 그후 예조판서를 비롯해 오랜 기간 동안 재상직에 있었다. 그는 90세인 1452년에 세상을 하직했는데, 사망한 직후에 작성된 실록에는 이런 평가가 남아 있다.

"황희는 관대하고 후덕하며 침착하고 신중하여 재상의 식견과 도량이 있었으며, 후덕한 자질이 크고 훌륭하며, 총명이 남보다 뛰어났다. 집을 다스림에는 검소하고, 기쁨과 노여움을 안색에 나타내지 않으며, 모두가 말하기를, '어진 재상'이라 하였다."

특히 은퇴 후 황희 정승의 노년기는 우리 현대인들에게는 시사하는 바가 크다. 다름 아닌 갈매기와 함께 여생을 보내기 위해 지은 정자에 대한 이야기가 그렇다. 경기도 파주시에는 황희 정승이 지었다는 '반구정'이라는 정자가 있다. 반구정은 황희 정승이 세상을 떠난 후 폐허가 되었다가 17세기에 후손에 의해 중수됐다. 이 반구정은, 황희 정승이 갈매기와 여생을 보내려고 만든 정자였다. 적지 않은 사람들로 하여금 의문을 갖게 한 일이기도 했다. 조선조 5백년 역사 중

가장 명성이 자자한 재상이, 왜 굳이 말년에 미물인 갈매기와 여생을 보내려고 했을까 하는 거다.

조선시대 학자나 정치인들 중에는 자기 분수에 맞게 생활하는 것을 생활의 중요 덕목으로 생각하는 이들이 적지 않았다고 한다. 그래서 황희 정승도 역시 말년에 이를 실천하기 위해 반구정을 지은 게 아닐까 하는 해석이다.

황희 정승은 그야말로 은퇴 후 자신을 내려놓고 시간을 보낸 인물로 우리 시대 시니어들에게도 암묵적으로 귀감이 되는 메시지를 전해 준다. 사실 욕심을 버리는 청렴한 삶은, 말로만 강조한다고 이루어지는 게 아니다. 자기 스스로 청렴해야 편안하고, 더 잘 사는 세상이 만들어진다는 가치관을 갖는 게 우선이다. 생각이 바뀌지 않으면 당연히 습관이 바뀌지 않는다.

가끔씩 스스로를 뒤돌아보면서 '나는 지금 활동이나 생활면에서 어른다운 모범적이고 깨끗한 삶을 살고 있는지'에 대해 질문을 해볼 필요가 있다.

단편적인 예로 공공질서와 소통의 면면을 들여다보자. 지하철 플랫폼에서 문이 열리자마자 승객들이 내리기도 전에 문 안으로 뛰어들어가는 이들, 대로변 횡단보도의 신호등이 파란색으로 바뀌지 않았는데도 무엇이 그리 급한지 서둘러 건너는 이들, 단체활동에서 직장에서 옳고 그름을 가리기도 전에 나이를 내세우며 아랫사람들에게 버르장

머리가 없다고 호통치는 사람들, 인사하기보다는 먼저 받기를 원하는 사람들 중엔 다수가 시니어들이다. 기본적인 매너와 에티켓을 지켜야 하는 환경에서 "내 나이를 묻지 마라. 나도 당당한 이 시대 이 사회의 주인공이다."라고 말할 수 있을 만큼 자기관리를 다 하고 있는가에 대한 반성과 자각이 선행돼야 한다.

노년기 내려놓는 삶을 실천하는 방법

첫째, 돈에 집착하지 말자

현대인들은 노년기에도 돈에 집착하는 이들이 많다. 돈에 집착하면 문제가 터진다. 노년기에 힘으로 돈을 벌겠는가? 아니면 자신의 전문적인 능력으로 큰돈을 벌겠는가? 큰돈을 버는 데는 분명히 한계가 있다. 그러니 돈에 욕심내는 사람들은 어떤 형태로든 꼭 큰 사건 사고를 만들게 된다. 결국 노년인생을 스스로 힘들고 슬프게 만드는 것이다. 더욱이 후손들에게 존경도 못 받고 좋은 본보기가 되지 못하는 이유가 된다.

둘째, 도덕적인 삶을 살자

후손들에게 존경받을 수 있는 도적적인 삶을 살지 못하는 것은, 바로 욕심이 과해서 나타난 것이다. 욕심을 내면 도덕적인 삶과 멀어져간다. 돈 문제는 물론이고, 잘못된 언행, 자신의 욕심만을 채우려는 도박이나 향악에 빠져들면서, '노블레스 오블리주'하고는 정 반대의 길을 가게 되는 것이다. 노년기에는 사회와 가정의 어른으로서 모범을 보여야 한다.

배우자에게
자유를 허(許)하라

　시니어가 되면 일도 좋지만 일은 적당히 하고 친구도 만나고 여행
도 가고 취미생활도 즐기면서 사는 게 멋진 인생이다. 그런데 간혹
주변을 보면 집안에만 있는 사람들이 있다. 배우자의 눈치 보느라 자
신이 하고 싶은 활동을 못하는 시니어들이다.

　건강이 허락된다면 낮 시간에는 밖에서 활동을 하면서 보람이나
만족 또는 즐거움을 만끽하면 참 좋을 텐데 배우자가 싫어하니까 그
래서 자칫하면 싸움으로 이어지니까 집이나 동네에서만 있다는 것이
다. 행복하고 즐거운 노년생활은 뭐니 뭐니 해도 사람들 만나서 함께
움직이고 소통하면서 보내는 게 최고인데 자신이 하고 싶은 것을 못
하고 산다면 가정생활이 그야말로 '창살 없는 감옥'이라는 말에 가깝

지 않을까 싶다.

자식들 다 결혼했고 집안에 달랑 두 사람뿐인데 하루 종일 서로 얼굴 쳐다보면서 지내는 것도 그리 즐거운 일만은 아닐 것이다. 노년기로 접어들면서 남편이나 아내 둘 다 시간적 여유가 많아지다 보니 스스로 즐거운 일을 찾아 나서지 않으면 안 된다. 특히 자기 일이 없는 사람들의 경우 사실 산책이나 운동하고 식사해결과 집안 청소하는 것 외에는 특별히 할 것이 없다. 하루 이틀도 아니고 갑갑한 생활이다.

나이들어서 집안에만 갇혀 사는 생활은 아무래도 남성들보다는 여성들에게 불만이 더 크게 나타난다. 그래서 요즘 '은퇴 남편 증후군'이라는 신조어까지 생겨났다. 젊은 시절에는 직장생활을 해도 자녀들과 집안일 챙기느라 자기만의 여유와 자유시간이 없었던 여성들은 보통 50대가 되면 '누구네 엄마'나 '누구의 아내'가 아닌 자기 자신을 찾고 싶어하는 욕구가 강해진다. 자신이 배우고 싶었던 것을 배우거나 취미생활을 즐기거나 또 여유롭게 친구들 만나서 수다도 떨고 여행도 다니고 싶어 한다. 하지만 문제가 발생한다. 바로 은퇴 후 집에서만 맴도는 남편이다.

"여보 어디가?", "누구 만나는데?", "밥은?", "몇 시에 오는데?"

이쯤 되면 부부 사이에 트러블이 생기기 마련이다. 물론 은퇴한 남편들이 다 이렇다는 것은 아니다. 다만 의외로 많다는 거다. 그래서 생겨난 우스갯소리도 있다. 은퇴 후 여성에게 필요한 다섯 가지는 돈, 건강, 딸, 친구, 강아지란다. 반대로 은퇴한 남편에게 필요한 다섯 가지는 아내, 와이프, 처, 마누라, 안사람이란다. 그래서일까. 어떤 남편들은 아침 눈 뜨고 나서 잘 때까지 마누라만 졸졸 따라다닌다고 한다. 산책갈 때, 공과금 내러 은행갈 때, 시장갈 때, 자식들 집 반찬 갖다 주러 갈 때 등등. 오죽하면 '삼식이'나 '종간나세끼'라는 유우머가 있다. 하루 종일 집안에 있으면서 밥 세 끼 챙겨먹는 것은 물론이고 간식까지 챙겨먹는 남편을 지칭하는 말이란다. 아내들 입장에서는 얼마나 스트레스를 받으면 또 이런 말까지 생겨났을까?

남편 때문에 스트레스 받고 외부활동 하고 싶은 대로 못하는 아내만 있는 것은 아니다. 은퇴한 남편들 중에도 아내의 잔소리와 간섭 때문에 짜증이 나고 스트레스 쌓인다는 이들도 있다. 이를테면 아내의 지나친 간섭 내지는 남편에 대한 타박을 하는 경우다.

"나가면 돈 쓰지. 한 푼이라도 아껴야 사는데."

"늙어서도 밖으로만 돌아? 그러려면 아예 나가 살아."

"그놈의 술 담배는 왜 못 끊어?"

"지금 몇 시인데 아직도 거기야."

이렇게 되면 남편도 자기 취미생활이나 외부활동을 하기 힘들다. 결국엔 가정에서의 갈등 원인이 된다.

노년기에 부부가 서로 돕고 이해하는 파트너십을 유지하면서 서로의 자유를 허락하려면 남성만이 아니라 여성도 상대에 대한 배려나 이해가 필요하다. 서로의 지나친 간섭과 구속 때문에 심각한 일로 확대되는 경우도 많다. 매스컴을 통해 이미 잘 알려져 있듯이 황혼이혼이 많이 늘어나고 있다. 어렵고 힘든 시절도 함께 잘 극복하고 살아왔는데 나이들어서 상대에게 미움받는 존재가 되어서 등 돌리는 것은 서로에게 안타까운 일이다. 또 이혼이 아니더라도 노년기에 부부간 갈등이 깊어져 싸움을 자주 하게 되면 치명적인 사고가 발생할 수도 있다.

한 연구결과에 따르면 부부싸움을 하면 기분을 상하게 할 뿐만 아니라 건강에도 해롭다고 한다. 그래서 자신의 배우자가 때때로 비우호적이라고 생각하여 싸움을 자주 하는 이들일수록 심장질환에 걸릴 확률이 높다고 한다. 조기사망의 위험도 증대시킨다고 하니 노년기 부부갈등은 가능한 없어야 되고 서로에게 자유를 허락하는 일이 아주 중요하다.

그렇다면 노년기에 서로 구속하지 않고 싸우지 않으면서 서로 이해하고 도와주며 또 각자의 자유를 허락하면서 오래된 친구처럼 그렇게 다정한 부부의 관계를 유지하는 좋은 방법이 없을까? 부부라고 해서 서로의 모든 것을 소유하려 하거나 간섭하려고 하면 한쪽은 반드시 힘들어진다. '내 남편', '내 아내'라는 끈끈한 정과 사랑도 소중하지만 배우자를 '한 사람', '인격체'로 인정하고 대하는 것은 반드시 필요한 일이다.

미국의 정치가이자 작가였던 벤저민 프랭클린은 '사랑받고 싶다면 사랑하라 그리고 사랑스럽게 행동해라'고 했다. 진정한 사랑은 내가 먼저 표현하되 사랑받을 수 있게 행동하는 것이다. 소유와 구속이 아니라 서로의 다름을 인정하면서 상대의 단점까지도 먼저 끌어안을 수 있는 힘이 사랑인 것이다.

첫째, 밥은 스스로 챙겨먹을 수 있어야 한다

노년기 부부갈등의 대표적인 원인이 바로 밥이다. 지금의 50대 이상은 가부장적인 사회에서 성장한 세대이다 보니 가정에서 남성들이 앞치마 두르고 밥하는 것에 익숙하지 않다. 언제까지 아내가 집에서 하루 세 끼 남편 밥만 챙겨주면서 살수는 없다. 여성들은 남편이 은퇴하기 이전에 밥하는 법, 간단한 요리법을 가르쳐주는 게 아주 중요하다. 은퇴 전에 가르쳐주지 못했다면 지금이라도 하나 둘씩 알려주는 게 여성들이 자유를 찾는 지름 길이다. 여기에 한 가지 더 세탁기 활용법도 알려주면 좋을 것이다.

같이 나이들어 가는데 아내도 밥 짓기가 귀찮을 때도 있고 또 남편이 알아서 밥을 챙겨먹었으면 할 때가 많을 것이다. 사실 생각만 바꾸면 아주 쉬운 일이다. 요즘은 가전제품들이 알아서 척척 해준다.

둘째, 각자의 취미와 관심사를 존중해 준다

아내가 노래교실 간다고 하면 오히려 박수쳐주면서 스트레스도 날리고 친구들과 점심도 먹고 오라고 말해 주면 좋지 않을까. 또 공부하고 싶다고 하면 책도 사다주고 학원도 알아봐 주고 그러면 좋다. "나이가 몇인데 그런 걸 배워." 이렇게 말하면 절대 안 된다. 아내들도 남편이 시쳇말로 주식이나 투기로 사고 치는 일 아니면 "당신이 좋아하는 거니까 열심히 즐겁게 하세요."라고 밀어주면 좋다. 그러면 남편도 아내가 원하는 것 맘껏 할 수 있도록 배려해 주지 않을까 싶다.

셋째, 새로운 인맥이나 새로운 활동을 찾게 해준다

집안에만 있으면 서로에게 잔소리만 늘어나고 활동량이 없어서 건강에도 안 좋다. 게다가 사람 사는 재미는 아무래도 사람들을 만나서 웃고 떠드는 것이니까 은퇴 후엔 배우자가 새로운 친구를 만나는 것, 새로운 활동무대를 찾으려는 것 등을 오히려 도와주는 입장에 서야 한다.

넷째, 맘껏 표현해라

말을 함부로 하는 것은 문제지만 그렇다고 입 다물고 사는 것만이 정답은 아니다. 특히 가정에서는 서로에게 좋은 일이든 힘든 일이든 말로 표현하고 대화를 통해서 풀어나가는 게 현명한 일이다. 특히 남편들의 경우 아내에 대한 감정표현을 적극적으로 해주어야 한다. 작은 일에도 "고마워요.", "사랑해요.", "수고했어요."란 살가운 표현들을 자주 할수록 좋다는 것을 명심해야 한다. 배우자에 대한 사랑이야말로 아끼지 않아도 되는 것 중 하나이다.

Who
· · · · · · ·
나는,
나다.

누가 내 인생을 디자인해 줄 수 있단 말인가?
누가 뭐라 해도 나는 나의 길을 가련다
나이 따위는 집어 치우고
내가 하고 싶은 일이든 취미든 여행이든
나는 내 방식대로 즐겁게 하련다
나의 버킷리스트!
그것은 내가 나에게 주는 최고의 선물이다
머뭇거리지 말자
다만 어른답게 멋지게 나답게
실행으로 옮겨 보는 거다.
내일은 또 내일의 내 무대가 펼쳐질 것이다

가슴을 뛰게 하는 게 있나요?

Fastion.

Passion.

잘못 들으면 같은 말로 들리는 이 두 단어의 의미는 서로 다르다. '유행'과 '열정'으로 해석되니 달라도 한참 다른 것이다. 하지만 이 두 언어를 받아들이고 생각하는 사람에 따라서 'Fastion'과 'Passion'은 일맥상통할 수도 있다. 새로운 스타일을 만들어 유행을 이끌어가는 패션디자이너는 남다른 아이디어를 통해 그것이 인기를 끌어모으는 스타일로 창조시키는 작업을 하는 사람이다. 이 과정에서 'Passion'이 없었다면 아무리 신선하고 멋진 아이디어일지라도 거리로 나오지 못하고 창고 속 쓰레기로 남게 될 일이다.

열정 그것은 보이지 않는 우리의 내면에서 가슴 뛰게 하는 에너지다. 유명저자이자 강사로 잘 알려진 긴급구호전문가 한비야 월드비전 세계시민학교 교장은 강연을 통해 '무엇이 내 가슴을 뛰게 하는가?'라는 화두를 던지면서 유독 열정을 강조했다. 그렇다면 그 열정은 무엇에서 시작될까?

어느 유명 CEO는 인터뷰에서 기자가 좌우명을 묻는 질문에 "내가 하는 일을 좋아하고, 매일 할 일 생각에 가슴이 뛰게 하자."라고 답했다. 지금 자신이 하는 일에 최선을 다하는 것이 열정이고 앞으로 할 일을 계획하고 추진하는 그 자체도 열정이다. 특히 자신이 미치도록 좋아하는 일에 온 힘을 불사르는 사람에게는 '열정맨'이라는 닉네임이 붙고 자신이 꼭 하고 싶은 일을 찾아 도전하는 과정에 있는 사람에게는 '미래지향적이며 열정적인 사람'이라는 꼬리표를 달아준다. 이쯤 되면 'What is passion?'에 대한 답은 이미 나온 셈이다. 바로 버킷리스트인 것이다. 무엇이든 상관없다. 죽기 전에 꼭 하고 싶은 일을 하고자 하는 사람이라면 그 어느 때보다 그에게는 에너지가 저절로 솟아날 것이다. 용광로처럼 불타오를 일이다. 그것이 열정이고 가슴을 뜨겁게 달구는 연료가 아니겠는가.

나는 중고등학교 시절 친구들은 가장 쉽다고 하는 국사 성적이 상 중하 중 '하'에 속하는 수학만큼이나 점수를 얻지 못했다. 외우기만 하면 되는데 왜 국어나 영어는 잘하면서 국사를 못하는 건지 나 자신도 친구들도 의아해 했다. 대학을 졸업하고 취재기자 활동을 하면서 미처 알지 못했던 나 자신의 단면을 발견했다. 학창시절 단순 암기를 그토록 싫어했고 그로인해 평균점수를 깎아 먹는 수난을 겪었던 내가 인터뷰나 현장 취재를 하고 돌아오면 수첩을 보지 않고서도 원고를 제법 빠른 속도로 써낸다는 사실이었다. 이유는 간단했다. 내가 간절히 원했고 좋아하는 일이기에 취재내용이 머릿속에 잘 입력되던 것이다. 이건 분명히 지능지수와는 별개의 것이리라. 취재를 하여 기사를 작성하거나 유년시절 기억까지 파헤치고 들어가 에세이 한 편을 완성하는 과정은 시간과 노동력 그리고 인내력이 투입돼야 한다. 이를 통해 얻는 보수를 생각하면 내가 지금 하는 일이 고부가가치는 결코 아니라고 잘라 말할 수 있다. 그럼에도 불구하고 27년 동안 같은 일을 하고 있는 것은 다름 아닌 내가 좋아하는 일을 하면서 스스로 얻는 만족도가 크다고 생각하기 때문이다.

누군가 묻는다.

"지금 당신의 가슴은 뛰고 있습니까?"

"무엇이 당신의 가슴을 뛰게 하고 있습니까?"

이런 물음에 "사는 게 늘 그렇지 뭐.", "내 나이에 뭐 가슴 뛰는 일이 있겠어.", "내 처지에 뭐 신나는 일이 있어서 가슴이 뛰어."라고 말한다면 당신은 정말 재미없는, 삶의 만족도가 낮은 인생기를 보내고 있는 것이다. 열정을 만들어내는 테마가 거창하고 소박함은 중요하지가 않다. 있느냐 없느냐 이 둘 중 어느 쪽에 속하는지가 관건이다. 1년 후 결혼을 하는 딸과의 추억을 만들기 위해 기차여행을 준비한다거나 이십대 초반에 만나 결혼을 한 배우자와 금혼식을 앞두고 드레스를 맞추고 초청카드를 만들고 있는 중이라면 그것만으로도 가슴 설레이고 기다림의 열정 속에 하루하루가 즐거울 것이다. 지난 5년 동안 준비해온 자서전 출간을 앞두고 있다거나 취미삼아 그려온 미술작품을 동호회 회원들과 함께 전시하려는 기획을 하고 있다면 그 또한 오늘과 내일을 신나게 만들어주는 에너지다.

열정이 강했던 철학자로 잘 알려진 니체는 "오늘 가장 좋게 웃는 자는 역시 최후에도 웃을 것이다."고 말했다. 오늘 지금 이 시간이 가장 소중한 시간이라고 여기는 당신이라면 머뭇거릴 여유가 없다. 버킷리스트를 만들어라. 이미 만들었다면 실행으로 옮겨라.

나를 사랑하자

"내가 왜 그렇게 바보 같은 짓을 했지. 정말 바보 아냐."

"나란 인간도 참 능력 없어. 고작 그런 것도 제대로 못하고."

"그래도 최선을 다했는데 왜 이렇게 뜻대로 되는 일이 없지."

살다 보면 많은 사람들이 이런 넋두리를 하곤 한다. 스스로를 탓하고 세상을 탓하고 인생을 탓한다. 스스로에게 잘못을 꾸짖고 자성하는 것이 결코 나쁜 일은 아니다. 세상 살다 보면 뜻대로 이루어지지 않는 일이 많다 보니 남의 탓, 세상 탓, 조상 탓도 하기 마련이다. 인생이라는 여정에서 울고 웃는 다양한 사연들과 부딪히며 살다 보면 세상살이라는 게 그렇게 쉬운 일만도 아니다. 다만 중요한 것은 어떤 고난과 실패가 오더라도 나 자신을 미워하거나 버리면 안 된다는 것이다.

전기담요를 파는 한 젊은이가 있었다. 이 집 저 집 서민가정을 돌아다니며 제품을 팔기 위해 열심히 설명을 했지만 며칠이 지나도록 하나도 팔지 못했다. 동료로부터 잘 사는 집을 겨냥하라는 말을 듣고 하루는 용기를 내어 어느 기업의 사장 집으로 들어갔다. 문을 열고 들어가자 가정부가 문전박대했지만 이를 본 주인은 그를 거실로 들어오라고 했다. 신이 난 젊은이는 주인에게 열심히 제품을 설명했고 분명히 하나 정도는 선뜻 사줄 것이라고 기대했다. 하지만 주인은 엉뚱한 질문을 했다.

"건강하고 젊은 청년인 것 같은데 어떻게 전기담요 방문판매를 하게 됐소."

젊은이는 사장의 환심을 사보려고 아주 불쌍한 표정을 지으며 말했다.

"가난한 농부의 아들로 태어나 대학도 못 들어갔고 군 제대 후 막상 취업을 하자니 학력이 중졸이라서 저 같은 사람은 잘 안 받아줍니다. 배운 것 없고 능력 없는 저 같은 사람이 할 일이라곤 식당 종업원이나 건설현장 일용직 일밖에 없는 것 같습니다. 그러니 저 같은 사람이 그나마 다리품 팔며 빨리 돈을 모으는 법은 이런 길 밖에 없는 것 같습니다."

말을 듣고 난 사장은 의외로 젊은이를 꾸짖듯이 큰 소리로 말했다.

"젊은이, 자네는 '저 같은 사람'이란 말을 벌써 세 번이나 했소. 대체 자기 자신도 사랑하지 못하는 사람이 어디 가서 무슨 일을 한들 인정받을 수 있겠소. 그건 겸손함도 아니고 예의도 아니오. 나는 젊은이처럼 자기 자신도 사랑하지 못하고 마냥 부족하다고만 생각하는 사람에게는 어떤 물건도 살수가 없소. 저 같은 사람이 파는 물건이니 그 물건인들 저 같은 사람과 뭐 다를 바가 있겠소?"

그렇다. 차라리 젊은이가 "저는 사람 만나는 것을 좋아해서 영업을 택했습니다. 많이 배우진 못했지만 좋은 제품을 정말 필요로 하는 고객들에게 소개하는 것은 즐거운 일입니다."라고 말했다면 여러 장의 담요를 팔았을지도 모른다.

어느 환경에서나 누구 앞에서나 늘 당당하게 자신감을 갖고 말하고 행동해야 한다. 무작정 잘난 척 행동하는 것이 아니라 적어도 세상에 하나뿐인 자기 자신을 진정으로 사랑할 줄 아는 사람이라는 것을 보여주어야 한다는 얘기다. 이를테면 연애를 할 때 "나 같은 사람 사랑해 줘서 고마워."가 아니라 "내가 너를 사랑하는 만큼 나는 너를 정말로 행복하게 해줄 거야. 나라면 할 수 있어."라고 말해야 한다. 내가 나를 깔보고 업신여기는데 누구인들 나를 사랑하고 인정해 주겠는가.

친구 중 한 사람이 몇 년 전 금연을 결심했다. 그때 그는 "흡연은 내 건강을 망치고 있지. 그래 바로 조금 전까지는 흡연을 했지만 지금 이 순간부터는 무엇보다도 나 자신을 위해서 금연을 실천하자. 나는 나를 사랑하니까. 내가 건강해야 내 가정을 지키고 회사를 이끌 수 있으니까. 담배를 끊는 게 당연한 일이다."라고 스스로에게 말하고 담배를 끊었다. 도중에 단 한번도 '나는 왜 담배를 못 끊지. 역시 내 한계야'라는 생각을 하지 않았다고 한다. 결국 그는 금연에 성공했다. 그와 차를 마시거나 술을 마실 때면 친구들이 알아서 흡연을 자제하곤 한다. 만일 그가 '화가 나니 오늘 하루만 담배를 피우고 내일부터는 안 피우겠어'라고 마음 먹고 흡연을 했다면 그의 금연 분투기는 도중에 물거품이 되었을 것이다.

나 자신에 대한 사랑, 내 건강, 내 일, 내 가족은 나 자신부터 보다 적극적으로 사랑하고 챙길 때 더욱 빛이 나고 보다 큰 능력을 발휘하게 된다. 누군가 당신에게 "○○○ 당신은 참 대단해."라고 말하면 나는 "당연하지. 나는 한다면 하는 사람이니까. 최선을 다하니까. 그리고 또 있지. 나는 이 세상에서 단 한 사람이거든."라고 말한다.

사랑하자. 미치도록 사랑해야 한다. 스스로를 사랑하기 때문에 스스로에게 감사하고 자신을 아끼는 것은 당연한 일이다. 나를 사랑하는 긍정의 에너지가 더 위대한 나를 만들어갈 것이다.

하나, 자기 자신에 대한 존재감을 가지라

우리는 누구나 '나라는 존재' 이 하나만으로도 소중한 존재이다. 유명인이 아니라고 해서 가진 게 많지 않다고 해서 누구보다 못한 사람이거나 무시 당해야 할 존재가 아니라는 것을 명심하자. 나는 나로서 당당하고 자신있게 내세울 수 있는 존재라는 자존감을 가져라.

둘, 거울과 대화를 나누라

거울을 보자. 자신의 모습이 그대로 나타난다. 스스로에게 말해라. '나도 꽤 괜찮은 사람이다'라고. 거울에 비춰진 스스로에 대해 무한 긍정의 에너지를 실어주는 것은 스스로에게 용기와 희망을 불어넣어주는 일이 된다. 거울 속의 자신을 향해 이런 말도 자주 해라. '그래 한번뿐인 내 인생 멋지게 살아봐야 되지 않겠니?'라고. 거울속의 너는 대답할 것이다. '그래 한번 해봐. 너는 잘 할 수 있을 거야'라고.

셋, 나의 가장 자신 있는 부분을 찾아라

사람은 누구나 한 가지 재주는 다 갖고 태어난다고 한다. 잘 나고 똑똑한 타인들과 나를 비교하다 보면 '나는 대체 무엇 하나라도 잘 하는 게 있는가?'에 대한 회의감과 자괴감을 갖게 되기도 한다. 남과 비교하지 마라. 분명히 자신에게는 남다른 그 무언가가 있다는 것을 알아야 한다. 단지 아직도 찾지 못했거나 보지 못하는 것일 뿐이다. 정리를 잘 하는 것, 요리를 잘 하는 것, 고장 난 물건을 잘 고치는 것들도 아주 큰 장점이다. 그것을 자신만의 소중한 장점으로 생각하지 않고 무시하고 있는 것은 아닌지 확인해 봐라.

내 나이가 어때서

"나이가 몇 살인가요?"

대인관계에서 이 질문은 이제 금기시해야 하는 것 중 하나가 됐다. 상대의 나이를 묻는 것은 매너가 없다거나 무례한 사람 취급을 받는다.

처음 만난 사람에게 "그쪽은 몇 년생이죠?", "띠가 어떻게 되죠?" 라고 물으면서 자신보다 많으면 형이나 언니, 적으면 동생, 같으면 친구라면서 악수를 건네는 일은 한국사회의 오래된 문화였다. 나이는 집단이나 대인관계에서 상 하 서열을 매기고 위계질서를 주도하는 중추적인 역할을 해왔다. 더 나아가서는 사람과 사람을 이어주고 묶어주는 이를테면 인간관계의 끈 같은 요인으로 작용했다.

21세기 한국은 장유유서(長幼有序)를 중시해온 유교문화의 오래된 뿌리 같은 문화가 더 이상 발붙일 수 없는 상황으로 바뀌었다. 사회 활동 영역에서 나이를 잣대삼는 것은 개개인의 행복추구권과 평등권은 물론이고 직업의 자유와 직업과 관련된 생존권 같은 기본적 인권의 침해라는 문제를 낳기 때문이다. 여기에 나이와 경력보다는 능력이 존중받는 사회로 변화했고 '100세 시대'라는 고령화 사회가 도래되면서 많은 영역에서 나이를 운운하는 것은 의미없는 일이 돼 버린 셈이다. 직원 채용 시 연령제한은 인권침해의 범주 내에 들어갔고 직급과 직책 또한 나이와는 거리가 멀어졌다. 이런 시대적 흐름에 편승해 '내 나이가 어때서'라는 한 대중가요는 특히 시니어들에게 인기를 얻으면서 사랑하는데 나이가 왜 필요하냐고 반문한다.

그렇다. 사랑도 일도 공부도 운동도 더 이상 나이와 연관지어서는 안 되는 시대다. 장수시대를 살아가는 시니어들의 바람만이 아니다. 우리 사회의 전반적인 환경과 분위기가 나이는 숫자에 불과하다는 것을 암묵적으로 확산시키고 있다. 이미 서구사회에서는 당연한 문화로 유지돼온 것이니 글로벌 시대를 살아가는 사람들에게는 그다지 새로울 게 없는 당연한 일이기도 하다. 다만 이 같은 변혁기를 맞이하고 있는 우리 시니어들의 사고가 정말 '내 나이가 어때서'를 당당하게 외쳐도 될 만한 수준에 이르렀는가를 묻지 않을 수가 없다.

우리 시대 시니어들이 나이에서의 평등을 스스로 의미없게 만드는 단면은 자신감의 결여다. 적지 않은 시니어들이 스스로 나이를 자신의 삶에 걸림돌로 만들어 놓는 것이다. '살면 얼마나 산다고 재혼을 해', '이젠 늦었어. 내 나이가 몇인데', '그건 젊은 애들이나 하는 거잖아'라는 식의 포기나 눈치 보기다. 자신감의 결여를 그대로 드러내는 일이다. 왜 노래할 때는 '내 나이가 어때서'를 외치면서 막상 실전에서는 그 나이의 벽을 허물지 못하느냐는 얘기다.

우리는 흔히 '한계란 없다'고 말하긴 하지만 각 개개인이 처한 환경에 따라서 도전하기에는 무리수가 따르고 또 도전할 만한 가치가 없는 일도 많다. 극복할 수 없는 한계란 분명히 있는 것이다. 특히 강인한 체력을 요구하는 분야라면 청년보다는 시니어들에게 도전의 한계성이 냉정한 현실로 나타난다. 60대에게 왜 당신은 마라톤 코스를 완주하지 못하냐고 따져물을 수 없으며, 70대 노인에게 하루 열두 시간 근무에 왜 지치냐고 나무랄 수는 없는 일이다. 나이들어 가면서 떨어지는 신체적 기능저하는 그 누구도 어쩔 수 없는 일이다.

시니어들이 주목할 것은 바로 인생 2막에서의 도전이 꼭 강인한 체력만 요하는 것은 아니라는 것이다. 일, 사랑, 공부, 여행, 스포츠, 취미, 봉사 등의 다양한 활동에서 시니어들이 선택할 수 있는 폭은 의외로 넓다.

고등학교시절 물리학자를 꿈꾸었지만 법조인의 길을 걷길 희망하는 부친의 권유에 따라 법대에 진학하여 판사가 되었던 전직 법조인 출신의 강봉숙 박사는 73세에 물리학박사 학위를 취득하면서 '꿈은 펼쳐 보이는 자만이 얻을 수 있는 결실이다'라는 희망의 메시지를 전해준 시니어 중 한 사람이다. 그는 2009년 미국 머시드 캘리포니아대 대학원 물리학과 석·박사 통합과정에 입학한 후로 7년 동안 한국에 한 번도 오지 않고 학업에만 전념했다. 초기에는 영어가 안 돼서 수업 듣고 집에 돌아오면, 참고도서 찾아보며 이해될 때까지 하루 15시간씩 매달렸다. 박사학위를 취득하기까지 함께 입학한 동기 6명 중 제일 오래 걸렸지만 그는 규칙적인 생활을 하면서 열정을 불사른 결과 꿈을 이루었다.

글을 쓰고 싶다고 찾아오는 시니어들이 적지 않다. 그들 중 절반은 말한다.

"선생님 제가 작가가 되기는 늦었죠? 그냥 취미 삼아서라도 글을 써보고 싶어서 왔습니다."

나는 잠시 고민할 틈조차 주지 않는다. 배구선수가 날아오는 공을 그대로 속공을 날리듯이 묻는다.

"뭐가 늦었다는 거죠? 글 쓰는데 백미터 달리기처럼 강한 체력과 스피드가 필요한 것이 아닌데요. 요트 즐기기처럼 돈이 들어가는 취미생활도 아닌데요. 혹시 시간이 없다면 모르겠습니다. 그렇지 않다면 얼마든지 작가가 될 수 있습니다. 필요한 건 열정과 인내입니다. 할 수 있다는 자신감에 최면을 거세요."

나이는 숫자에 불과하다

'나이는 숫자에 불과하다'

시니어들의 긍정과 열정을 대변하는 우리 사회의 대표적인 문구가 됐다. 노래에서 광고에서 대화에서 빼놓을 수 없는 말이다. 특히 60, 70대 시니어들 사이에서는 마치 슬로건처럼 돼 버렸다. 나이들었다고 해서 뒷방 노인네 취급하지 말라는 경고의 소리이자 엑티브시니어들의 자신감과 도전의식의 표현이기도 하다.

우리 사회에서 나이의 벽을 과감하게 허물어버린 가장 두드러진 부분은 이성에 대한 감정이나 표현이다. 고령화 사회에서 고령 사회로 이전하는 동안 황혼이혼이 부쩍 늘어나고 60, 70대 재혼인구가 증가하면서 사랑과 나이를 연관짓는 일은 이제 촌스러운 일이 되어 버렸다. "그 나이에 무슨 재혼을 하세요. 그냥 혼자 맘 편하게 살지."라는 말은 지인이든 친척이든 가족이든 그 누구에게도 감히 입 밖에 내서는 안 되는 금언이 됐다. 당연한 일이다. 미수(米壽)의 할머니라고 해서 얼굴에 검버섯이 핀 구순(九旬)의 할아버지라고 해서 이성에 대한 그리움과 사랑의 감정이 없진 않다. 사랑과 열정 그리고 섹스는 나이와 상관없다. 건강한 사람이라면 100세든 그 이상이든 느끼고 행동할 수 있는 인간의 기본적인 생리적 욕구이자 감정의 표현이다. 노년기 사랑이나 섹스는 못하거나 하지 않는 사람보다는 할 수 있는 사람이 훨씬 덜 고독하고 행복한 노년기 삶을 보낼 수 있다는 것이 우리 사회에서도 공론화된 지 오래다.

사랑과 성(性) 다음으로 '내 나이가 어때서'와 '나이는 숫자에 불과하다'는 말이 현실로 가시화된 부분은 패션과 여가생활이다. 옷차림새만 보고서는 나이를 가늠할 수 없는 시대다. 남녀가 따로 없이 2천년대 들어 우리 사회 시니어들의 패션 수준은 가히 세계적인 반열에 올랐다고 해도 과언이 아닐 만큼 젊고 세련되고 멋지게 꾸미고 차려입는 시니어들이 부지기수다. 60, 70대도 청바지에 운동화 캐주얼자켓과 통이 좁은 면바지 한두 벌 정도는 기본적으로 갖고 있다. 이뿐만이 아니다. 피부나 옷차림에서 40대 같은 외모를 드러내는 60대 여성들이 부지기수다.

다만 우리 시대 시니어들에게서 아쉬운 것은 사랑과 성, 패션과 여가처럼 나이 벽을 과감하게 허무는 일들이 다른 분야에서는 활발하지 않다는 것이다. 물론 자신만의 버킷리스트를 정하고 욜로 라이프의 테마를 찾아서 새로운 도전을 하는 이들이 늘고 있긴 하지만 아직도 '내 나이가 몇인데', '이제 그걸 해서 뭐해'라는 이들이 적지 않다.

2017년 대구에서 열린 세계실내육상경기대회에서는 매스컴의 집중적인 스포트라이트를 받은 선수가 있었다. 참가자 중 98세로 최고령인 할아버지 선수 '찰스 유스터'다. 그는 60미터 달리기에 참가하여 최선을 다해 달렸고 멀리뛰기에도 도전하여 1.25미터의 기록을 냈다. 성적이야 그야말로 꼴찌나 다름없지만 그는 부끄러워하지 않았고 관중들은 박수를 쳐주었다. 전직 치과의사인 유스터 씨는 3년 전부터 육상을 시작했다고 한다. 자그마치 11시간을 넘게 비행기를 타고 날아와 한국에서 열리는 육상경기에 참여한 이유는 뭘까? '나이는 숫자에 불과하다'의 저자이기도 한 그는 한 인터뷰에서 고령이지만 새로운 것에 도전할 수 있다는 걸 보여주기 위해서라고 말했다. 젊은 시절부터 새로운 일에 도전하며 두뇌와 근육을 계속 사용한 것이 건강 유지에 큰 도움이 됐다고 한다.

'나이가 숫자에 불과하다'는 것을 보여주고자 하는 시니어라면 얼굴 관리와 패션, 사랑과 섹스, 체력 관리 이것이 전부가 아니라는 것을 실로 깨달아야 한다. 자신이 가치 있다고 판단되는 일이나 간절히 원했지만 이루지 못했던 일에 끊임없이 도전하고 노력하는 마인드가 없이 단지 젊고 엑티브한 외모만 보여준다면 그것은 쇼윈도에 갇힌 시니어 마네킹이나 다름없는 일이다.

살아있는 동안에 한 번은 꼭 해야 할 것들

Who
......
나는, 나다.

남 눈치를
왜 보냐구요?

사람들은 자신도 모르는 사이에 자기가 속해 있는 영역의 문화나 관습에 길들여진다. 그게 지나친 나머지 자신의 개성을 표현하지 못하는 것은 물론이고 잠재된 욕망을 표출시키지 못하고 억누르기만 한다. 이 부분에서만큼은 한국의 시니어들도 2등이라고 말하면 서러울 정도다. 지나치게 주변사람들의 눈치를 살피는 습성이 그렇다.

외출하기 전에 거울 앞에 선 김 여사는 남편에게 "여보! 나 이 옷 입고 나가도 괜찮겠어?"라고 묻고, 사별한 지 10년도 넘은 수퍼마켓 이 사장은 좋은 사람 만나서 연애도 좀 해보라는 친구의 말에 "낼 모레면 칠십이야. 애들 얼굴을 어떻게 봐. 나이들어 주책이라는 소리나 듣지."라고 답한다. 또 어학공부를 하자는 후배의 말에 정

여사는 "노인네가 영어 배워서 뭐하겠어. 어디 써 먹는다고."라고 말한다. 이들의 말과 속마음은 결코 일치하지 않는다. 김 여사는 화려하고 젊게 치장하고 싶어 몇 년 전 딸이 사준 꽃무늬 원피스를 입었다가 끝내 벗어버리고 검은색 투피스로 갈아입고, 이 사장은 혼자 있는 밤이 적적하면서도 이성에 대한 그리움을 애써 감춘다. 알파벳도 몰라서 평소 화장품 가게에도 혼자 들어갈 용기가 나지 않는다는 정 여사도 마찬가지다. 영어로 된 제품 이름이라도 읽고 이해하는 게 살아가기 편한 세상이기에 학원에 가서 기본적인 영어단어라도 좀 배우고 싶긴 하지만 젊은 사람들 틈에서 눈치볼 일을 생각하니 일찌감치 포기한 상태다.

"왜 남의 눈치를 보세요?"

"그럼 어떡해유. 나만 별난 노인네 되는 걸."

"언제까지 그럴 겁니까? 세월은 자꾸 흘러만 가는데……."

"그래도 할 수 없지 뭐. 내 팔자가 이런 걸……."

노년기로 접어든 지인들을 만나서 대화를 나누다 보면 이런 말이 오고가는 경우가 빈번하다. 남달리 외향적인 성격을 지녔다거나 다년간 해외생활이나 예술분야 독립적인 활동을 하며 살아온 시니어가 아닌 이상 십중팔구는 남의 눈치를 보는 일에 길들여져 있다. 이 때문일까? 시니어들의 버킷리스트를 보면 다섯 가지 중 서너 가지는 거의 똑같다. 여행, 공부, 취미, 봉사활동 등에 국한돼 있다. 의미와 가치를 부여할 수 있는 소중한 테마를 버킷리스트로 정하는 것은 박수쳐줄 만한 일이다. 다만 버킷리스트 열 가지 중 한두 가지만이라도 남들과는 다른 나만의 개성과 관심 또는 욕망을 분출할 수 있는 것이어도 좋지 않을까?

미국 미주리주 세인트루이스 현지 경찰은 96세의 에디 심스 할머니의 남다른 버킷리스트를 들어주고자 특별한 일을 준비했다. 그것은 다름 아닌 체포 상황극을 연출하는 일이었다. 어느 날 경찰은 심스 할머니가 거주하는 노인센터를 방문해 할머니에게 수갑을 채우고 범인이 탑승하는 경찰차의 뒷좌석에 앉힌 후 경찰서로 연행했다. 경찰서에 도착한 그녀는 수갑을 찬 채로 조사를 받는 대신 경찰들과 기념 촬영 뒤 대화를 나누고 게임을 즐겼다. 준법정신이 투철하여 평생 경찰차를 타본 적이 한 번도 없는 할머니의 버킷리스트가 바로 '수갑을 차고 경찰에 체포되기'였던 것이다.

할머니의 버킷리스트야말로 엉뚱하기도 하고 놀랍다고 말하겠지만 98세의 영국 할머니 베티 라이트 씨의 이야기를 들으면 심스 할머니의 얘기가 그리 이색적이라고 느끼지 않을 일이다. 에식스주 콜체스터의 요양시설에 있는 베티 할머니는 시설 매니저로부터 '노년기의 꿈이 무엇이냐'는 질문을 받았다. 그러자 그녀가 한 말은 그야말로 파격적이었다.

"스트리퍼를 보고 싶어요. 발가벗은 섹시한 남자가 춤추는 걸 보는 거예요. 나는 그에게 추파를 던질 거예요"

전혀 예측하지 못했던 대답에 매니저도 충격을 받았을 정도였다고 한다. 하지만 98세 할머니의 소원이었던 만큼 그녀의 가족들에게 이같은 사실을 알리고 동의를 받은 후 두 시간에 걸친 남자 스트립 공연을 관람시켜주었다.

버킷리스트! 죽기 전에 꼭 한번 하고 싶은 일인데 무엇 때문에 남의 눈치를 보고 망설인단 말인가? 지인이든 자식이든 그 누구든 간에 그들은 그들이고 나는 나일 뿐이다. 하지 않고 지나가면 눈 감으면서도 후회할 일을 왜 못한단 말인가? 그것이 타인의 재산이나 생명 또는 공공질서나 도덕과 무관한 일이라면 무엇이든 문제가 되지 않는다. '유쾌', '상쾌', '통쾌' 한 테마 한두 가지 정도는 포함돼 있어도 좋지 않겠는가.

이쯤 되면 독자든 지인이든 나에게 질문을 할지도 모른다.

"박 작가도 남다른 흥미로운 버킷리스트가 있나요?"

두말하면 잔소리다. 아니 너무 다양해서 나름 준비하는데 시간이 필요할 것만 같다. '노천극장 무대 위에서 온몸을 불사르는 1인 연극 공연하기', '내가 쓴 가사로 된 대중가요 한 곡 발표하기', '여행길에서 첫눈에 반한 사람과 24시간 동안 잠자지 않고 함께 시간 보내기', '몇 집 안 사는 외딴 섬에서 한 달 간 통신 전자기기 없이 지내기' 등등.

주변사람들과 어우러져 사노라면 그들과의 유대관계에서 벗어나지 않고 동화되려고 그래서 불편하지 않은 상황을 유지하고자 때로는 눈치를 볼 수도 있다. 하고 싶어도 정말 참아야 하는 일은 있다. 하지만 버킷리스트로 정한 테마라면 남의 눈치나 체면치레로부터 자신을 해방시켜보자. 그것이야말로 진정한 버킷리스트를 실천하는 일이 될 것이다.

소문을 내세요

"저의 꿈은 시니어복지타운과 어린이집을 함께 지어서 운영하는 거예요. 어려운 어르신들과 부모없는 아이들을 궁전처럼 아름다운 건물에서 살게 하고 싶어요. 이 시설이 문을 여는 날 저는 우아한 드레스를 입고 파티를 벌일 거예요. 그래서 지금 사방팔방 뛰어다니며 사업을 하는 거죠."

인문학 수업시간 중 버킷리스트를 묻는 질문에 50대 후반의 한 여성 수강생이 말했다. 그러면서 꼬리 감추듯이 살며시 덧붙이는 말이 버킷리스트 중의 하나이지만 이건 자신의 노년기 최대의 꿈이나 다름없기에 꼭 이루고 싶은데 잘 이루어질지 모르겠다고 했다. 꿈을 이룰 수 있는 간단한 비법(?)을 말해 주었다.

"꼭 이루어질 겁니다. 단 지금부터 계속해야 할 두 가지가 있어요. 열심히 돈을 모으고 있다고 하니 하나는 이미 하고 있는 셈이네요. 나머지 한 가지는 바로 이겁니다. 소문을 내세요. 특히 가족을 비롯해 가까운 사람들에게. 친구나 지인에게도 말입니다."

'발 없는 말이 천리를 간다'고 했다. 교통과 통신수단이 열악했던 과거에도 소문만큼 빨리 확산되는 것은 없었다. 그 어떤 바이러스보다도 초스피드로 퍼져 나간다. 더욱이 최근 들어서는 인터넷으로 인해 정치인, 연예인, 스포츠스타들이 자신이 벌인 실수에 대한 대가든 아니면 괴소문이나 악소문이든 한순간에 추락하는 시대다. 그만큼 소문은 무섭다. 칭찬이 아닌 남의 얘기라면 더더욱 조심해야 할 수밖에 없다. 입장 바꿔서 자신에 대한 소문을 자발적으로 내는 것은 시쳇말로 '도' 아니면 '모'다. 소문이 그야말로 실체없는 소문에서만 끝나면 망신살 뻗히는 일이 될 것이고, 소문을 현실로 만든다면 자기가 한 말에 책임을 지는 멋지고 능력있는 사람이 되는 것이다.

누구나 인생 2막 버킷리스트를 만들고 그중에서도 반드시 일구어내고 싶은 꿈을 향해 집중한다. 목표를 세우고 노력했다고 해서 100% 실현될 거라는 담보는 그 어디에도 없다. 물론 꿈을 향해 열정을 쏟으면서 만들어가는 그 과정만으로도 그 사람의 시니어 인생은 멋진 일이다. '이왕이면 다홍치마'라고 하지 않았던가. 그토록 간절히 소망했던 자신의 꿈이 실현된다면 나는 지금 죽어도 여한이 없다는 말이 저절로 나올지도 모른다.

　꿈의 크기와 가치는 사람마다 다르다. 누구에게는 큰 어려움 없이 거쳐 왔던 그리 특별하지 않고 당연했던 것이 또 다른 누군가에게는 가슴에 한이 맺힌 일이 되어 죽기 전에라도 꼭 하고 싶은 일, 이루고 싶은 결과일 수 있다. 그것은 대학교를 못 간 것, 가족들과 함께 단 한 번도 해외여행을 못 한 것, 웨딩드레스를 입고 제대로 된 결혼식을 올리지 못한 것, 고향땅을 밟아보지 못한 것과 같은 일들이 될 수도 있다. 젊은이들에게는 조금만 독한 맘먹고 노력하고 열심히 살다 보면 어려운 일이 아니지만 나이 60을 넘어 노년기로 접어든 이들에게는 시간, 비용, 인내, 노력 등이 함께 따라주어야 하는 일이므로 우주선을 타고 화성땅을 밟는 일만큼이나 쉽지 않은 일이다.

　꿈이나 버킷리스트가 정해졌고 도전이 시작됐다면 일단 소문을 내자. 의도적이든 아니든 가족이나 친구 그리고 가까운 지인들에게 자신의 꿈을 말하는 것이다. 당연히 응원을 해주는 사람이 많겠지만 누군가는 '과연 이룰 수 있을까?'라는 염려의 눈빛을 보내기도 하고, '그거 꼭 해야 되는 거야'라고 시답잖게 여기는 이들도 있을 수 있다. 동조를 해주든 그렇지 않든 그것은 그리 중요하지 않다. 이미 자신이 결정한 일이고 자신에게는 그만큼 소중한 꿈이기 때문이다. 소문을 내는 것은 그 순간 꿈에 대한 자신의 의지를 다시 한 번 더 스스로에게 각인시키는 일인 동시에 스스로에게 책임감을 더 강력하게 부여하는 일이다.

우리는 흔히 다른 사람들에게 말을 해놓고 실행으로 옮기지 못하는 이들에게 '허풍쟁이'라는 닉네임을 달아준다. 허풍쟁이로 낙인찍히면 그 후로 다른 어떤 말을 하더라도 상대는 이미 신뢰감을 갖지 않게 된다. 자신을 잘 알고 자주 소통하는 사람들에게서 허풍쟁이라는 불명예스러운 훈장을 받고 싶겠는가. 그러니 자신의 꿈을 자발적으로 소문을 내는 일은 곧 그것을 이루기 위한 의지와 열정을 불사르도록 종용할 것이다. 실행으로 옮기지 않으면 안 되게끔 만들어주는 스스로에 대한 강요이자 속박이 되며 그 과정은 힘들고 어려울 것이다. 내가 왜 소문을 내서 이 고생을 자청했는가에 대한 후회감도 종종 찾아올 것이다. 하지만 자신을 위한 일이고 또 그만한 가치가 있는 일이니 즐거움과 만족이 뒤따르게 된다.

지인 중 한 사람은 '소문내기'를 통해 자신이 정한 버킷리스트를 하나 둘씩 실행으로 옮기는 사람이 있다. 10년 전의 일이다. 연초에 친구들이 만나 그해 첫 모임을 하던 날이었다. 중소기업에 재직 중이던 그는 가을에 유럽여행을 떠나겠다고 했다. 당시만 해도 우리나라 사람들의 유럽여행은 대부분 패키지 중심이었고, 20대 대학생들의 배낭여행이 주를 이루었다. 40대 중반의 직장인이 3주 동안 프랑스, 네덜란드, 독일, 스위스, 이탈리아 코스를 그것도 자유여행으로 다녀오겠다고 하니 현장에 있던 사람들 대부분은 자신들로서는 엄두도 못내는 선언을 한 그에 대해 부러움의 시선을 보내는 동시에 한편으로 쉽지 않은 일이라고 수근거렸다. 그해 10월 그는 자신이 말한 대로 떠났다. 여행을 다녀와서 그가 말했다.

"사표를 내고 갔다 왔어. 매너리즘에 빠져드는 나 자신이 싫어서 새로운 변화의 시기를 갖고자 모험을 한 셈이지. 혼자서 생각만 하고 있었다면 못 갔을 거야. 열 달 동안 가족들은 물론이고 지인들에게 말했지. 난 3주간의 유럽여행을 갈 거라고. 그렇게 해서라도 나 자신과의 약속을 굳힌 거지. 그런데 말이야. 얼마나 다행인지. 사장님이 다시 출근하라고 하더라. 그리고 우리 회사에도 3년에 한 번씩 동남아 여행과 경비를 주는 포상휴가 제도가 생겨났지 뭐야."

그는 새로운 직장을 찾느라 애쓸 필요없이 다시 전 직장으로 돌아갔고 자신으로 인해 직원들을 위한 포상휴가 제도까지 생겨난 것에 대해 매우 만족해 했다. 그 후로도 여전히 그는 대학원 입학, 스킨헤드, 아들과의 스페인여행, 책 쓰기, 어학공부와 같은 다양한 버킷리스트를 소문내고 실행으로 옮겼다. 물론 그가 해마다 공개적으로 말한 버킷리스트 테마 중 한두 가지는 실행하지 않은 것도 있고, 도전은 했으나 성공적이지 못한 것도 있지만 비교적 많은 것들을 실행으로 옮기면서 즐거운 삶을 살고 있다.

꿈을 소문내는 것은 사실 용기없는 사람에게는 쉽지 않은 일이다. 당신이라면 어떡하겠는가? 소문을 내겠는가? 혼자서 머릿속에만 담아두고 차일피일 미루겠는가?

살아있는 동안에 한 번은 꼭 해야 할 것들

스트레스 해소!
그게 전부는 아니잖아

   수십 년 인생을 뒤돌아보면 못하고 지내온 것들이 한 둘이겠는가. 순탄한 삶을 살아온 사람일지라도 버킷리스트를 작성한다면 16절 백지 몇 장을 써도 부족할 것이다. 우리나라 사람들이 흔히 하는 '내 인생 책으로 써도 몇 권 분량 될 거다'는 말 속엔 그만큼 사연 많은 인생을 살았다는 의미를 내포하고 있다. 더 깊숙이 파고 들면 가난해서 시간이 없어서 하고 싶은 것, 먹고 싶은 것, 즐기고 싶은 것이 많았지만 그럴 여유도 없이 힘들게 살아온 삶이었다는 얘기다.

   나는 지난 몇 년 간 강의를 하면서 만난 사람들에게 버킷리스트에 어떤 것들을 포함시킬 것인지 직접 묻기도 하고 종이에 써보도록 했다. 또 티타임이나 회식자리에서 대화 도중 우연찮게 그들의 버킷리스트를 듣기도 했다. 그들 대부분은 50대 60대 시니어들이었고 큰 테마로 구분하면 여행, 공부, 악기연주, 스포츠, 금전, 자식 등에 관한 것들이 주를 이루었다. 특히 유년시절 청년시절 가난을 경험한 세대라서 하고 싶은 공부를 못한 것이 한이 되었다는 이들이 많았고 그런 이유에서 대학진학이나 자신의 잠재력을 발휘하지 못했던 분야의 공부가 유독 눈에 띄었다. 다만 이제는 경제적으로는 어느 정도 여유가 있어서인지 음식이나 의류 또는 주거공간에 관한 것들은 찾아보기 어려웠다.

버킷리스트는 그들이 살아온 과거와 현재의 상황을 대변해 주는 하나의 지표나 다름없어 보인다. 우리나라를 포함하여 미국, 프랑스, 일본을 비롯한 소위 선진국에 속한 나라의 사람들과 이제 막 경제도약기를 맞이한 러시아, 중국, 인도, 브라질, 베트남과 같은 개발도상국가들이나 아직도 경제적 후진국으로 불리는 나라 사람들의 버킷리스트는 판이하게 다를 것이다. 미국의 유명 협곡으로 불리는 애리조나주의 앤털로프 캐니언, 모뉴먼트 밸리, 유타주의 아치스 캐니언, 캐니언 랜드, 캐피톨 리프, 브라이스 캐니언, 자이언 캐니언 등은 '8대 캐니언' 또는 '그랜드 서클'이라고 말하는데 많은 미국인들의 버킷리스트 중 하나가 이곳을 여행하는 것이라고 한다. 여행이 단순히 보고 즐기는 일상에서의 탈출의 의미를 뛰어넘어 최근엔 치유의 힘까지 내포한 힐링테마로 대두되면서 한국인들에게도 여행은 빼놓을

살아있는 동안에 한 번은 꼭 해야 할 것들

수 없는 버킷리스트 중 대표적인 항목이 되고 있다. 미국인 못지않게 한국인들도 이제는 국내외 여행에 돈을 쓰는 것이 아깝지 않을 만큼 경제적 여유가 생겼다는 단서다.

그림엽서에서나 보던 알프스 융프라우행 산악열차를 타 보고 영화에서나 느끼던 프랑스 세느 강변을 산책하는 낭만을 즐기는 것은 멋진 일이다. 열기구를 타고 대자연을 내려다보는 것도, 번지점프를 하는 것도 짜릿한 스릴을 맛보며 색다른 추억을 남기는 일이 된다. 침대열차에 몸을 싣고 며칠 동안을 이동하는 유럽횡단 여행도 국내에서는 경험할 수 없는 장기간 여행의 매력이 된다. 다만 버킷리스트와 관련하여 한 가지 콕 집어 아쉬운 점을 들춰보인다면 그것은 스트레스 해소와 단순한 소비에만 집중하는 것은 바람직하지 않다는 것이다.

지난 가을 급한 일이 있어 지인 S에게 연락을 취했더니 전화를 받지 않았다. 며칠 후 그녀로부터 전화가 왔다. 친구들과 함께 3박4일 규슈여행을 다녀왔다고 했다.

"비행기 한번 타고 나갔다오면 스트레스가 확 풀리잖아. 나름 가격도 싸고 재미있었어. 인생 뭐 있어. 나이들면 돌아다니지도 못하잖아. 다음달에는 1박2일 설악산 단풍 관광을 갈 거야. 그리고 내년 봄엔 동유럽여행 가기로 했어. 패키지 괜찮은 거 있으면 추천 좀 해줘."

이어서 하는 그녀가 하는 말이 1년에 두 번은 꼭 해외여행을 다닐 것이라고 했다. 묻지도 않은 말에 마치 인생에서의 중대사 결심이라도 하는 듯 못을 박았다. 이제는 자식들이 사회인이 됐고 쌓아 둔 큰 돈은 없어도 먹고 사는 데는 지장이 없을 만큼 남편이 경제활동을 지속하고 있으니 가끔씩 해외여행을 할 만한 입장은 된다. 더욱이 젊은 시절 가난에 쪼들려 대학도 못 가고 이 일 저 일 해가며 피터지게 살았던 삶이었으니 나이 오십대 중반이 넘은 만큼 이제는 허리 좀 펴고 하고 싶은 것 하겠다는데 누가 뭐라 할 것인가. 하지만 그녀에게 이런 말을 해주고 싶었다.

"해외여행을 하더라도 다른 방법은 정말 없을까? 혼자서 아니면 딸이나 친구나 배우자와 함께 떠나는 여행은 어떨까? 인솔자의 안내에 따라 정신없이 따라다니면서 가는 곳마다 셀카 찍고 웃고 떠드는 그런 여행이 아니고 시간과 생각의 여유를 버무리면서 간혹 여행길에서 만난 사람들과 커피 한 잔 나누며 대화도 하는 자유여행을 즐기는 것도 괜찮지 않을까?"

그간 여행을 하면서 많은 사람들을 만났고 잊지 못할 추억도 차곡차곡 쌓여 몇 권의 앨범에 들어갈 만큼 많은 장면들이 있고 그들에 얽힌 사연들이 숨어 있다. 몇 년 전 여행길에서 만난 사람들과의 추억을 담은 책 '여행! 사람 사랑을 배우다'를 펴냈지만 여전히 그들과의 추억은 머릿속에 가지런히 정리돼 있어서 언제든지 수시로 끄집어내서 회상할 수 있는 즐겁고 행복한 추억들이다. 원고작업을 하면서 지금 막 떠오르는 얼굴은 터키의 에디르네에서 만난 동갑내기 친구 레벤트(Levent)이다. 거리를 걷다가 길을 묻는 나에게 길 안내는 물론이고 점심으로 피자를 사주던 착한 시인이다. 아내가 직장 생활을 하고 자신은 시를 쓰면서 육아를 거들고 있다고 했다. 그의 시집이 출간되었는지, 또 요즘은 어떻게 활동하고 있을까. 그를 만났던 그해 12월의 겨울 날 스모그로 가득하여 희미하게 윤곽만 드러냈던 그 도시의 모습처럼 그에 대한 궁금증이 밀려온다.

　버킷리스트! 이것은 나이가 들수록 더 간절해지는 각자의 희망사항이자 도전리스트인 셈이다. 더 늦기 전에 이제라도 그냥 지나치지 말고 꼭 해야 할 만큼 소중한 것이기에 그 항목에 대한 경제적 시간적 가치를 따져 묻지 않을 수 없다. 때로는 저비용을 이용해 단기간에 스트레스를 날리고 현실로 돌아오는 버킷리스트도 나쁘지 않지만 그런 여행이 반복되는 것은 시간과 체력만 낭비하는 일이 될 수도 있다.

살아있는 동안에 한 번은 꼭 해야 할 것들

느리게
힐링으로 즐겨라

나는 여행전문가는 아니다. 그간 에세이를 쓰고 잡지 사보 등에 원고를 기고하는 작가이자 프리랜서 기자로 활동하면서 국내외 많은 곳을 돌아다녔다. 15개국 70여 개의 도시와 관광 명소를 둘러보았다. 초기에는 주로 현지 취재를 목적으로 갔기에 여행보다는 일에 치중하기도 했지만 궁금한 것은 못 참는 기질에 참 많은 곳들을 구석구석 뒤지듯이 다녔다. 10여 년 전부터는 일보다는 책을 쓰기 위해 또는 휴식을 위해 떠나곤 했다. 패키지 단체여행은 절대사절인 만큼 주로 혼자서 자유롭게 움직이는 여행의 색다른 경험을 즐긴다. 혼자서 떠나는 나만의 휴식여행은 추억도 많이 쌓였지만 소중한 힐링의 시간이 되었다. 그래서인지 나는 누군가가 여행을 떠나겠다고 하면 자유롭게 떠나서 천천히 산책하듯이 돌아다니는 힐링여행을 해보면 좋지 않겠냐고 제안한다.

여행지로서 스페인과 터키를 유난히 좋아한다. 아니 사랑한다. '힐링이 바로 이런 것이구나'라는 것을 유독 진하게 느낄 수 있었고, 그곳에서 만난 여러 사람들과의 인연도 특별했기 때문인 것 같다. 좋은 친구 비센테를 만나게 해준 스페인의 명소들 중에서도 톨레도(Toledo)는 우연찮게 두 번이나 갔던 잊지 못할 내 마음속의 앨범 같은 곳이다. 10여 년 전 처음 갔을 때에는 출판사가 제안한 책을 쓰기 위해서였고, 6년 전 두 번째로 방문했을 때는 미술을 공부하겠다는 아들을 위해 함께 떠난 여행이었다. 아들에게 꼭 보여주고 싶었던 곳은 마드리드의 박물관들과 바르셀로나의 가우디 건축물들이었다. 굳이 이곳을 가지 않아도 되었건만 나는 마치 어떤 사명감이라도 가진 것처럼 이곳을 다시 들렀다. 그만큼 다시 가보고 싶었던 특별한 곳이었던 것이다.

스페인 수도 마드리드에서 고속버스로 약 한 시간 반쯤 달려가면 만나게 되는 톨레도에 가면 시간을 잃어버린 듯한 착각에 빠져든다. 성문과 성벽을 따라서 또는 미로처럼 좁고 굽어 있는 도시의 골목길을 헤집고 그냥 걷기만 해도 15세기 중세시대 유럽의 마을에서 살고 있는 듯한 고즈넉함과 운치 속으로 빠져든다. 그 시간만큼은 껌딱지처럼 달라붙어 다니는 열세 살 아들의 존재마저도 잊을 만큼 온전히 자유였다. 이곳은 스페인의 옛 수도로 기독교와 유대교, 이슬람교 유적이 공존하는 장소이자 구도시 자체가 세계문화유산으로 등록된 스페인에서는 빼놓을 수 없는 대표적인 유적지다. 스페인 역사상 수많은 유명인을 비롯한 예술가들이 이곳에서 태어나고 살았다고 한다. 하늘 도시인양 높게 자리해 있는 톨레도는 타구스 강의 협곡이 삼면을 둘러싸고 있는 요새로 이곳의 명물 꼬마기차를 타면 20여분 간 외곽을 달리면서 도시의 외양을 맘껏 감상할 수 있다.

힐링여행지로 내가 가장 많이 추천하는 또 한 곳은 터키의 사프란볼루(Safranbolu)다. 이스탄불에서 고속버스로 여섯 시간 정도 걸리는 이곳은 실크로드를 통한 동서무역이 활발하던 시절 상인들의 경유지로 번성했던 곳이다. 도시라고 하기보다는 우리나라의 읍 소재지 같은 조금 큰 마을 같다. 현대의 냄새보다는 5~6백 년 전의 역사 속으로 되돌아간 듯한 그런 오래된 과거의 냄새가 물씬 풍겨난다. 도시 전체가 유네스코 세계문화유산으로 지정되었다는 것을 굳이 강조하지 않더라도 현대인들로부터 매력을 한껏 느끼게 하는 슬로우시티다. '시간이 멈춘 동화 속 마을이 따로 없다'던 누군가의 찬사가 제법 잘 맞아떨어진다. 도시는 계곡을 끼고 구릉 위에 형성되어 있다. 흰색 벽이 눈에 띄는 오스만투르크 시대 목조 건축물 1,000여 채가 곳곳에 흩어져 있고 도로는 적당히 굴곡을 그리면서 이어진다. 고원에 위치한 마을이지만 손에 잡힐 듯한 크고 작은 언덕과 계곡이 나타난다. 정처없이 길을 걸으며 방황을 해도 길을 잃어버려 헤맬 걱정은 하지 않아도 좋다. 차가 많고 복잡해서 당황해 할 일도 없는데다 작은 대지 위의 길들은 서로 또 같이 통한다. 인정 많고 한가로운 시골 마을 그 분위기가 따로 없다.

11년 전 그해 겨울 앙카라에서 버스를 타고 마치 강원도 같은 산길을 달려가서 만난 12월 오후의 사프란볼루는 나무 잎사귀와 풀이 보이지 않는 겨울임에도 불구하고 마치 한 폭의 수채화를 보는 듯했다. 재래시장도 둘러보고 작은 쇼핑센터도 기웃거려 보고 골목길을 걷다가 되돌아오고 목적없이 무작정 길을 나선 나그네가 된다. 지도 따위는 필요도 없다. 그날 나는 이스탄불로 가는 심야버스를 타기 위해 몇 시간 동안을 펍에 앉아서 기다려야 하는 신세가 됐다. 자그마치 네 시간을 어찌 기다릴까? 걱정도 팔자라고 했던가. 내가 자리에 앉자 10여분도 안 지나서 옆 테이블 자리를 한 무리의 중년사내들이 차지했다. 그들 중 42세로 나와 동갑내기였던 T가 말을 걸어왔다. 내가 어디를 여행했는지 직업은 무엇인지 사프란볼루 이곳저곳을 다 돌아다녔는지에 대해서 확인이 아닌 관심어린 질문을 던졌다.

T는 결혼을 하여 자녀가 두 명이라고 했다. 고향을 떠나와서 생활하는데 친구들이 있어서 덜 외롭단다. 한국은 형제국가이니 자세히는 몰라도 많이 좋아한단다. 그리고 2002년 한일 월드컵을 기억하고 있었다. 한참동안 이런 저런 수다를 떨던 T가 갑자기 내가 쓰고 있던

검은 모자가 멋있다고 했다. 곧장 벗어 만져보라고 건네주면서 'made in korea'라고 소개하자 'good'이란다. 사실 길거리에서 5천 원 주고 구입한 싸구려인데 좋다고 하니 다행이다. 그때 T는 마찬가지로 짙은 회색 계통의 벙거지를 착용하고 있었는데 갑자기 모자를 벗더니 서로 교환하자고 제의했다. 조금 당황스러웠지만 상대가 눈치 채기 전에 나는 'OK' 했다. 그날 T와 그 친구들은 자신들이 마시는 맥주는 각각 계산하면서도 한 사람씩 돌아가면서 나에게 맥주를 사 주는 게 아닌가. 여러 잔의 맥주를 공짜로 얻어 마시면서 즐거운 시간을 보낸 나는 열한 시즈음 되어 자리에서 일어났다. 버스를 타야 하니 아쉬운 작별을 할 수밖에 없었다. 그날 T가 준 회색벙거지는 가끔씩 쓰기도 하면서 늘 소중하게 간직하고 있다. 그 모자는 나에게 있어서 터키이자 사프란볼루이고, 친구 같은 T이자 그 일행들이다. 터키에 다시 가서 며칠간 여유로운 시간을 갖고 머물고 싶은 도시를 꼽으라면 나는 기다렸다는 듯이 '사프란볼루'라고 말할 것이다.

꼭 한번 가봐야 하는 힐링 여행지

다시 가고 싶은 그곳(해외)

톨레도, 그라나다, 몬세라트, 바르셀로나(가우디의 건축물들과 피카소미술관), 이스탄불, 카파도키아, 사프란볼루, 베르사이유, 나가사키, 유후인, 고베, 암스테르담, 아이슬란드 레이캬비크, 마추픽추, 베니스, 로마, 산토리니, 하롱베이, 하이델베르크, 뮌헨, 티벳, 자카르타의 잘란 수라바야, 방콕 짜뚜짝시장, 홍콩, 장가계

다시 가고 싶은 곳(국내)

홍도, 울릉도/독도, 백두산 천지연, 한라산 백록담, 남해, 정선 아우라지 장터, 순천만 정원, 양구 펀치볼, 경주, 청산도, 임진각

살아있는 동안에 한 번은 꼭 해야 할 것들

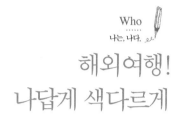

해외여행!
나답게 색다르게

5년 전이었다. 인생 2막에 대한 책을 쓰기 위해 만난 50세 이상의 시니어 10명에게 버킷리스트 10가지씩 써달라고 했다. 인터뷰어들은 갑작스런 요구사항에 당황스러운 표정을 지으면서도 기꺼이 응해줬다. 재미있는 것은 열 사람의 버킷리스트에는 똑같은 테마 하나가 들어 있었다. 바로 해외여행이었다. 그 후로도 인문학과 에세이 강의를 하면서 만난 수강생들에게 버킷리스트를 물어보면 어김없이 등장하는 게 바로 여행이었다.

해외여행객 숫자가 가장 많은 나라는 중국으로 2016년 1억2천백만 명이 해외로 나갔다고 한다. 인구 대비 해외여행객 비율로 따지면 높은 수준이 아니다. 13억8천만 명 인구를 놓고 볼 때 10명 중 한 명이다. 인구 대비 해외여행객 비율을 계산해 볼 때 가장 높은 나라는 폴란드로 알려진다. 2014년 기준으로 볼 때 3천8백만 명의 인구 중 5천4백만 명이 해외여행을 떠나 1인당 평균 1.4회 이상 기록을 보인 것으로 알려진다.

우리나라는 어떨까? 폴란드 수준에는 못 미치지만 전 세계 국가들 중 손가락 안에 꼽힌다. 2016년 출국자 수는 2,238만 명이다. 한국인 2.3명 중 한 명꼴로 미국 4.8명이나 일본의 7.5명보다도 높다. 이같은 수치를 놓고 매스컴에서는 종종 경이롭다는 표현과 동시에 한편으로는 마치 일러바치듯이 해외에 나가서 지출하는 비용이 세계 7위에 달한다고 밝히기도 한다. 게다가 혹자는 이같은 해외여행객 급증 이유 중 하나가 부화뇌동(附和雷同)의 그릇된 문화의 일종으로 남이 장에 가니 줏대없이 무리해서라도 따라가는 식이라고 꼬집는다.

나의 생각은 다르다. 새로운 것을 받아들이는 속도가 빠르고 남에게 뒤지지 않으려는 한국인만의 열정이 반영되기도 했지만 여기에는 이제 먹고 살만한 수준의 경제력 향상과 함께 나만을 위한 항목에는 아낌없이 지출하겠다는 욜로 라이프(YOLO Life) 트렌드가 영향을 미치고 있다는 생각이다. 열심히 살아온 자신에게 스스로 특별한 선물을 주고 싶다는 것이다. 그 누구도 이러쿵저러쿵 할 말은 아니다. 다만 아쉬움이 있다면 특히 해외여행을 떠나는 시니어들 중 적잖은 이들이 욜로 라이프답게 나만의 색깔을 담은 특별한 여행을 하지 못하고 있다는 것이다.

시니어 방송을 하는 관계로 남다른 경험을 한 시니어들을 자주 인터뷰하게 된다. 그중에서도 기억에 남는 한 사람이 73세의 모터바이커 문광수 씨다.

6년 전 67세 되던 해에 모터바이크를 배우기 시작한 그는 면허증도 따고 이때부터 자신만의 색다른 해외여행을 생각하게 된다. 자신의 버킷리스트 중 하나인 자유와 낭만이 함께 하는 유라시아 횡단이다. 그가 모터바이크로 3개월 간에 걸쳐 유리시아 횡단과 북유럽을 여행한 것은 71세였던 2015년도다. 먼저 동해에서 배를 타고 블라디보스톡으로 이동한 후 그곳에서부터 모터바이크를 타고 남시베리아를 거쳐 모스크바에 도착했다. 다시 모스크바에서 핀란드 헬싱키 − 스웨덴 스톡홀름 − 노르웨이 오슬로 − 덴마크를 거친 북유럽여행을 하고, 네덜란드 암스테르담에서 여정을 마무리하는 그야말로 대장정이었다.

그가 모터바이크를 타고 유라시아 횡단에 나선 데는 그만한 사연이 있었다. 유명 그룹사에 평사원으로 입사하여 30여 년 간 직장생활을 한 그는 지속적인 승진을 통해 임원까지 오른 성공한 직장인이었다. 58세 때 은퇴를 한 후 5년 정도는 벤처를 창업하여 직접 운영하다 63세부터는 현업에서 벗어나 자유롭게 노년기 인생을 보내는 시니어다. 학창시절 등산과 자전거를 즐겼지만 취업을 하면서부터는 지속적으로 승진을 하면서 자신의 입지를 다지다 보니 밤늦게까지 일하느라 취미생활 즐길 여유가 없었던 것이다. 더욱이 그가 직장생활을 하던 시기에는 주5일 근무제도도 없었다. 그는 유라시아 횡단 여행에 대한 소감에 대해 이렇게 말했다.

"나 자신을 뒤돌아보게 되었습니다. 야영을 하면서 하늘의 별을 볼 때 중장년층시절 일에 너무 쫓기며 살다 보니 주변 사람들, 직장 동료들, 친구들을 많이 배려해 주지 못한 것 같아 아쉬움이 남았어요. 그래서 앞으로 남은 시간은 좀 더 배려하고 겸손의 마인드로 살아가야겠다는 생각을 하게 됐습니다. 여행은 자기성찰의 시간을 선물해 주는 것이 아닐까 싶어요."

철저한 준비를 거쳐 남다른 이색여행을 한 그의 즐거움은 여행으로 끝난 게 아니었다. 2016년 10월 EBS에서 4부작으로 방영한 세계 테마기행 '율리안 알프스의 축복, 슬로베니아' 편 진행을 맡아 직접 다녀오는 행운으로 이어졌다. 공중파 방송까지 진행하는 특별한 경험도 했으니 그야말로 두 마리 토끼를 잡은 셈이다.

새해가 되면 사람들은 말한다. 올해는 어느 나라 어디를 꼭 가 볼 작정이라고. 여행만큼 설레임과 기대감이 큰 것도 없다. 혼자서 방랑 시인 같은 기분에 젖어 떠나도 좋고, 배우자, 자녀, 부모님, 친구, 지인들과 함께 떠나는 여행도 멋지고 특별한 추억을 선물한다. 다만 국내여행과는 달리 해외여행은 자주 가거나 갔던 곳을 다시 간다는 게 쉽지 않다. 그렇다면 좀 특별한 나만의 색깔을 담은 여행을 기획하고 실행으로 옮겨 보는 것은 어떨까? 자료를 찾고 정보를 구하는데 시간이 걸리더라도 관심있는 테마를 준비하여 직접 여행 스케줄을 짜고 시간은 조금 여유있게, 그리고 소비는 검소하게 하는 여행을 떠나자. 길 위에서 만난 사람들과 대화를 나누면 더 좋은 일이고, 언어가 통하지 않으면 눈으로라도 소통하면 될 일이다. '느림의 미학'이란 말이 저절로 떠오르게 하는 그런 여행을 하는 것이다.

늘 자신은 영어를 못해서 해외여행은 패키지가 아니면 엄두가 나지 않는다는 후배가 있었다. 그런 그가 지난 가을이 끝나갈 무렵 어찌된 영문인지 두 자녀와 아내를 데리고 태국 방콕 자유여행을 가겠다고 했다. 한편으로는 이제야 여행을 제대로 즐기고 오겠구나라는 생각을 하면서도 갑자기 자유여행을 떠나겠다는 자신감이 어디서 생겼는지 궁금하기만 했다. 그가 여행에서 돌아온 후 만날 기회가 있었다. 초등학교 5학년인 큰 아이의 친구가 부모님과 대만여행을 다녀왔다고 자랑을 한 탓에 아이들이 해외여행을 가자고 조르더란다. 마침 해외여행 비수기 시즌이라서 패키지 상품보다도 더 저렴한 저가의 항공권이 눈에 들어왔고 기회는 이때다 싶어서 무턱대고 티켓팅을 했단다. 그런데 그 다음 이 친구 하는 말이 나로서는 웃음이 저절로 나오게 했다.

"현지 가니까 영어 쓸 일이 별로 없던데요. 관광지에 가니까 우리나라 사람들이 얼마나 많이 갔는지 몰라도 물건을 파는 현지인들은 먼저 우리말로 접근하던데요. 영어를 사용할 일도 그다지 많지 않고 간단한 생활영어 정도만 구사하면 되니까 특별하게 어려울 게 없더라구요."

자유여행보다는 패키지여행을 선호하는 이들 중에는 패키지가 오히려 비용이 저렴하다는 이유도 있지만 속내를 알고 보면 언어에 대한 부담감이 큰 편이다. 자유롭게 떠나고 싶어도 영어를 잘하지 못하니 용기가 나지 않는단다. 답은 한 가지다. 어디로든지 한 번쯤은 나의 후배와 같은 경험을 꼭 해보길 권한다. 그 다음부터는 시간과 기회가 주어질 때마다 인터넷 검색에서 이곳저곳 자유여행을 위한 목적지를 물색하게 될 것이다.

첫째, 나만의 테마를 찾자

단순히 프랑스 파리, 베트남 하노이 이렇게 떠나지 말고 역사, 자연, 휴식이나 힐링, 음식, 이런 식으로 자신이 좋아하고 관심있는 테마에 맞게 여행지를 선택해서 떠나는 것이다. 그리고 현지에서의 이동도 장거리 기차를 이용하거나 아니면 걸어서 이동하는 방식을 택하는 것도 좋다.

둘째, 시간은 여유있게, 소비는 검소하게

시니어여행은 시간적 여유를 갖고 느림의 미학을 즐기는 그런 여행이 좋다. 시간에 쫓기다 보면 오히려 피곤하고 힘들어서 여행이 아니라 고생이된다. 짧은 시간 내에 너무 많은 곳을 돌아다니거나 많은 것을 보려고 하지 말고 시간적 여유를 갖고 움직이자. 그리고 비싼 호텔에서 자고 쇼핑하고 선물사고 이런 것도 좋지만 가끔씩은 한인 민박도 이용하고 벼룩시장이나 현지 재래시장 같은 곳도 가서 전통음식도 먹어보는 식으로 알뜰하게 해야만 다음에 또 떠나게 된다.

셋째, 길 위의 사람들과 소통하라

여행의 묘미 중 하나가 다양한 사람들과 만나 소통하는 것이다. 그런데 언어가 안 통해서 옆 좌석에 앉은 사람과도 말 한마디 못 나누었다는 이들이있다. 가장 좋은 바디랭귀지가 있지 않은가? 우리가 현지 언어를 모르듯이상대도 한국말 못하는 것은 마찬가지다. 생각나는 영어나 현지어를 한두 마디라도 활용하면서 안 되는 것은 손짓, 몸짓, 표정으로 대화하면 된다. 언어에 대해 지나치게 겁먹지 않는 것도 여행에서 자신감을 기르는 일이다.

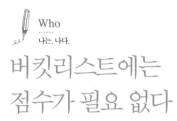

Who
......
나는, 나다.

버킷리스트에는
점수가 필요 없다

"제가 잘 할 수 있을지 걱정이에요. 잘 부탁드립니다."

글쓰기 강사를 하면서 처음 강의를 들으러 온 수강생들에게 가장 많이 듣는 말이다. 그들은 말한다. 학창시절부터 글 쓰는 것을 좋아해서 한때는 상장도 받곤 했는데 살다 보니 어느새 50이 넘어 작가의 꿈을 잊고 산 지 오래 되었단다. 소설을 써도 몇 권 쓸 만큼 사연 많은 인생을 살았는데 이제 시간적 여유가 좀 생기니 글을 써보고 싶단다. 자서전 한 권이라도 남기고 싶어서. 어떤 이유에서 글을 쓰고 싶고 또 배우러 왔든지 글쓰기 교실을 찾아온 것은 그들에게 있어서 장년기 또는 노년기에 자신이 꼭 하고 싶은 일 중 하나인 버킷리스트를 실천하기 위해 온 것임에 틀림이 없다. 상대가 조금은 차갑게 받아들일지도 모르지만 나의 대답은 한 가지다.

"혼자서도 글 잘 쓰시면 여기 오실 필요 없지요. 배우려고 오셨잖아요. 그럼 결석하지 마시고 열심히 쓰면 됩니다."

글 잘 쓰는 비결은 아주 간단하다. 다독(多讀)과 다작(多作)뿐이다. 열심히 읽고 쓰다 보면 자신도 모르는 사이에 달라져 있는 자신의 문장력을 발견하게 된다. 다만 나는 그들에게 수업을 하면서 종종 말하곤 한다.

"글쓰기 교실에 온 것만으로도 여러분들은 버킷리스트를 실천하는 멋진 시니어입니다."

능력있는 강사를 잘 찾아왔다는 의미가 아니다. 조만간에 백일장에 가서 상을 타거나 작가로 거듭 태어날 것이라는 얘기도 아니다. 자신이 원했던 것, 자신이 좋아하는 것을 실행으로 옮기기 시작했으니 그 자체만으로도 스스로에게 칭찬을 해줘도 좋을 일이라는 의미다.

일주일이 멀다하고 묵묵히 글을 열심히 써내는 사람이 있는가하면 한 달에 한 편도 쓰지 못하면서 글이 잘 안 써진다고 하소연하는 이들도 있다. 알고 보면 후자의 경우엔 개인적으로 자신이 해야 할 다른 일들이 많다거나 욕심이 많아서 이것저것을 동시에 배우려고 하다 보니 결국은 글을 쓰는 데 집중할 시간을 갖지 못하는 경우다. 글감이 떠오르지 않고 글이 잘 안 써진다는 이들에게 해줄 수 있는 말역시 나로서는 한 가지 뿐이다. 정말 시간이 부족하다면 일주일에 단

하루 이틀만이라도 글을 쓰는 시간을 정해놓고 집중해서 글을 쓰고 한 달에 한 편이든 두 편이든 자신의 목표를 정하라고 말한다.

시니어들의 글쓰기는 당장 글을 써서 직업활동을 하려는 젊은이들과는 거리가 멀다. 수능에서 국어점수를 높게 받아야 하거나 공채시험 논술에서 합격 점수를 받아야 하는 것과는 다른 차원의 도전이다. 그들은 스스로 글쓰기를 습관화시키면서 즐거움을 찾고 그런 과정이 지속되면서 자신이 원하는 테마를 정하여 책 한 권이라도 출간할 수 있다면 더할나위없이 만족스러운 일이라고 말한다. 설령 죽는 날까지 책 한 권을 펴내지 못한다 하더라도 후회하지도 않을 것이란다. 그러니 그들의 버킷리스트에는 점수가 없는 것이다. 중요한 것은 실행에 도전하느냐 얼마나 꾸준히 지속하느냐에 있는 것이다.

글쓰기 수강생으로 나를 찾아온 지 어느새 5년째를 맞이하는 사람 S가 있다. 그녀의 나이는 올해 62세다. 나를 찾아오기 전에도 꾸준히 다양한 책을 읽고 나름대로 글을 쓰던 사람이다. 그런 그가 하는 말이 있다. 글을 쓰다가 한번 멈추면 몇 개월이고 그냥 시간을 흘려보낸 적도 있었지만 글쓰기 강의에 출석하면서부터는 지속적으로 글 쓰는 습관이 길러졌단다. 그간 써놓은 수필 작품이 200여 편에 달한다고 했다. 이제는 잘 된 작품만 골라서 에세이집 한 권 펴내도 되니 작품들을 다시 한 번 정리해 보라고 권유하자 그녀는 자신에게 글쓰기는 평생 취미생활로 가져갈 것이기에 굳이 급하게 서두르고 싶지 않단다.

　요양보호사로 직업활동을 하면서도 자신이 좋아하는 것을 천천히 여행하듯이 즐기고 있는 그녀를 보노라면 시니어 인생을 참 알차게 의미있게 산다는 생각이 든다. 그러니 그녀의 현재진행형인 버킷리스트에 어떻게 점수를 매길 수 있겠는가?

　한 길만 걷다 보니 자신도 모르는 사이에 좋은 결과를 맞이하게 되는 이들을 종종 보게 된다. 얼마 전이다. 출판사의 지인으로부터 연락이 왔다. 원하는 원고가 있는데 주변에 그런 원고를 쓰는 사람이 있느냐고 했다. 머뭇거릴 여유도 없이 아주 적합한 예비작가가 있다고 했다. S를 추천했다. 머지않아 그녀는 출판계의 시니어 작가로 이름을 올리게 될 것 같다. 나로서는 그녀의 70대, 80대를 더욱더 기대하게 하는 일이다.

나는
내가 알린다

예전에는 나만의 장점과 남다른 개성이 있어도 드러내지 않는 것을 미덕으로 여겼다. 요즘은 재능과 장점을 스스로 표현하고 보여줄 때 오히려 많은 사람들과 쉽게 소통할 수 있고, 즐거움과 만족을 얻을 수 있다. 특히 시니어들에게는 그러는 게 자신감으로 이어져서 삶의 활력소가 된다.

한때 이런 유행어가 있었다. '피할 건 피하고 알릴 건 알려라'. '홍보'를 영어 약자로 피알(PR)이라고 하는데 이를 즐겁게 해석한 말이다. 요즘은 국가와 기업은 물론이고 개인도 자기 자신을 잘 홍보할 때 만족과 자신감이 높아진다. 하지만 우리나라 시니어들을 보면, 남 앞에서 나를 자신있게 보여주는 것에 좀 약한 편이다. 자기 자신이나 가족들을 자랑하면 소위 '팔불출'이라는 말을 들을 만큼, 과거 우리의 보수적인 문화의 영향이 크다. 하지만 이제는 나를 감추기보다는 자신있게 드러내고 알려야만, 경쟁력도 생기고 즐거움도 더 커지는 시대다.

부산에는 '부산 남포동 꽃할배'로 불리면서, 시니어 패셔니스타로 널리 알려진 주인공이 있다. 올해 65세의 양복재단사, '마스터테일러' 여용기 씨다. 2년 전부터 인터넷 블로그를 통해, 시니어는 물론이고 젊은층에게 아주 잘 알려진, 멋쟁이 노신사다. 그는 모델 못지 않게 유명한 패션 디렉터인 '닉 우스터'처럼 옷을 잘 입는다고 해서 '한국의 닉 우스터'라고 불릴 정도다. 인터넷에 부산 꽃할배, 여용기, 마스터 테일러, 이런 검색어만 치면 그와 관련된 블로그, 카페, 언론기사가 셀 수 없이 많이 나타난다. 모델만큼이나 양복이 정말 잘 어울리는데다 과감한 컬러의 선택과 다양한 소재가 그야말로 시선을 빼앗는다. 특히 운동화의 일종인 스니커즈를 양복차림에 조화시키는 등 젊은이들의 패션 아이템을 아주 잘 소화한다. 또 일명 '백바지'로 불리는 흰팬츠, 청바지, 반바지도 그가 입으면 아주 멋스러운 옷이 된다. 그의 패션 감각을 더욱 살려주는 것은, 이분의 깔끔한 백발의 헤어스타일과 흰 수염이다. 정말 누가 봐도 "와 멋지다!"라는 말이 저절로 나올 정도다.

젊은이들에게도 인기가 좋은 패션 감각이 남다른 여용기 씨. 그는 부산 중구 남포동에 있는 남성 패션숍 '에르디토'에서 마스터테일러, 재봉사로 일한다. 이 양복점은 요즘 부산 일대의 패션에 관심 있는 남성들이 특히 주목하는 곳으로, 맞춤양복 전문점으로도 잘 알려져 있다. 여용기 씨는 3년 전 예전의 직업으로 다시 돌아왔다. 과거 재단사로서의 직업적 재능을, 인생 2막이 시작되는 시기에 다시 부활시킨 그런 경우다.

본래 거제도가 고향인 그는 열일곱 살 때, 그러니까 1969년에 중학교를 졸업하고 고등학교에 진학하기 위해 부산으로 왔다. 하지만 자립으로 고교에 진학하기 어려웠고 마침 친척 누님의 소개로 양복점에 취직을 했다. 이때부터 재봉, 재단, 패턴, 이런 기능을 다 배워서 5년 만에 재단사가 됐고, 스물아홉 살 때는 남포동에서 양복점을 직접 운영했다. 80년대 들어 맞춤보다는 기성복이 패션시장을 주도하면서, 양복점 운영이 어려워지자 마흔 살 즈음, 23년 간 쌓여진 노하우를 뒤로 하고 일을 접었다. 그 후로 식당도 운영해 보고, 건축현장에 나가 막일도 했다. 그런데 3년 전인 61세 때 우연한 계기로, 다시 자신의 전문노하우를 살릴 수 있는 기회를 얻게 된다. 우연히 국제시장에 들렀다가 패션회사에서 재단사를 모집한다는 소식을 접하고, 재도전을 시작한 것이다.

젊은이들과 함께 일하게 된 것도 그에게는 행운이었다. 여씨는 본래 옷을 감각있게 잘 입는데다, 외모도 중후함이 드러나는 시니어스타일이었기 때문에, 함께 일하는 직원들이 사진을 찍어서 블로그에 올리라고 권유도 하고, 컴퓨터 활용방법에 도움도 줬다고 한다. 자신 또한 이제 다시 시작하는 마스터테일러 인생인 만큼, 자신있게 일하면서 얻는 만족감을 패션사진으로 표현하기 위해 SNS에 올리기 시작했다. 아무래도 자신이 직접 만들 수 있으니까, 원하는 옷을 만들어 입기도 하고, 또 눈에 띄는 옷을 구해서 입다 보니, 패셔니스타로 거듭나게 된 것이다. 물론 이태리 패션 박람회도 다녀올 정도로, 나름대로 패션 관련 현장을 둘러보는 일에도 열성을 기울였다고 한다.

현재 여용기 씨가 일하는 남성 패션숍 '에르디토'의 민병태 대표는 올해 나이가 서른 살. 또 여기서 일하는 6명의 다른 직원들도, 다 자식뻘 되는 젊은 직원들이다. 그런데도 함께 일하는 과정에서, 직원들과의 소통이 아주 잘 이뤄지고, SNS 활동에서도 젊은층들의 분위기나 감각에 잘 맞춰나가는 스타일이다. 여용기 씨는 말한다.

"젊은이들과 일할 때 가장 중요한 것은 나 자신이 변화해야 한다는 것이다. 나만의 전문 분야 철학도 중요하겠지만, 예전의 내 방식만 고집하는 것은 바람직하지 않다. 변화하는 시대흐름에 맞춰 젊은이들의 의견이나 트렌드를 적극 수용할 줄 알아야 한다."

실제로 그는, 자신이 오랫동안 해오던 방식과는 전혀 다른 방식을 직원들이 제안할 때, 그것을 수용하고 실행으로 옮긴다고 한다. 자신이 생각하기에는 정석이 아닌 일이라고 여겼지만, 해보니까 좋은 결과가 나타나서, 역시 자기 고집만 피우는 것은 옳지 않다는 것을 스스로 깨달았단다. 그는 마스터테일러이기에 맞춤슈트 고객들을 주로 만나게 되는데, 의외로 결혼을 앞둔 예비신랑들과 이삼십대 젊은층이란다. 그러다 보니 젊은층과의 대화는 물론이고 자신의 패션까지 젊은 분위기에 잘 맞추어가고 있는 것 같다.

자신의 직업에 맞게 SNS를 통해 홍보할 줄도 알고 젊은 직원과 젊은 고객들과도 소통도 잘 하고 있는 양복재단사, 마스터테일러 여용기 씨는 그야말로 정말 멋진 시니어다. 게다가 과거 자신이 갖고 있던 경력과 재능을 되살려 61세에 재도전한 것도 많은 시니어들의 귀감이 될 것 같다.

첫째, 자신의 재능을 살려라

요즘 세상 돌아가는 트렌드를 보면, 모든 분야에서 복고풍이 나타난다. 이 말은 전문 분야에서 이십 년 전 삼십 년 전에 쌓아둔 노하우가 있다면, 다시 재도전할 기회가 많아지고 있다. 일례로 요즘 밑반찬 전문점이 뜨는 아이템이고, 한동안 사라졌던 이발소들이 다시 하나둘씩 나타난다. 특히 손으로 직접 만들거나 할 수 있는 직업과 상품들의 가치가 상승하고 있다. 한동안 잊고 지냈던 자신만의 과거 재능을 다시 살려내서, 인생 2막 도전으로 방향을 잡아보면 좋을 듯하다.

둘째, 젊은층의 말에도 귀 기울여야 한다

시니어 시기에 직장생활을 하거나 자기 사업을 할 경우, 함께 소통해야 할 사람들 대다수가 젊은층이다. 그렇다면 그들과의 소통이 중요하다. 당연히 상대의 말에 귀 기울이면서, 그들의 트렌드나 문화를 이해하고, 또 배울 수 있는 것은 배워야 한다. 내 방식 내 고집만 피우다가는 소통이 단절돼서 그 무엇도 할 수 없다.

셋째, 인터넷 블로그 카페 같은 SNS를 통해 자신을 알려라

내가 어떤 사람이고, 무슨 일을 하고, 어떤 상품을 만든다는 것을 이제는 알리지 않으면 안 된다. 자신있게 알리고, 이를 통해 자신감을 찾는 가장 빠르고 쉬운 방법이 바로 SNS다.

즐겁게 일합시다

UN에서는 65세 이상의 인구가 전체 인구의 7%를 넘어가면 고령화 사회, 14% 이상이면 고령 사회, 20% 이상이면 초고령 사회라고 한다. 잘 알려져 있듯이 우리나라는 이미 2000년에 고령화 사회가 됐고, 어느덧 고령 사회를 코앞에 두고 있다.

우리나라보다 한참 일찍 고령화가 진행된 일본의 경우, 이미 1970년에 고령화 사회, 1994년 고령 사회, 2006년에 초고령 사회에 들어섰다. 우리나라는 2018년에 14%를 넘어서면서 고령 사회로 접어들게 되고, 2026년에는 초고령 사회가 될 것으로 예상된다. 이제 10년밖에 남지 않은 셈이다. 그러니 우리 시니어들에게 화두는 단연코 무엇을 하면서 고령 사회, 초고령 사회를 맞이할 것인가이다.

가까운 일본을 들여다보자. 일본은 벌써 10년 전에 초고령 사회를 맞이한 만큼 일본 시니어들의 오늘은, 실제로 5년 후, 10년 후 한국 시니어들의 모습이라고 할 수 있다. 늘 웃으면서 일하고, 또 조직 내에서 젊은층과 잘 소통하는 일본 시니어들의 일하는 모습은 아주 인상적이다.

최근 2년 새에 세 차례에 걸쳐 일본 출장과 여행을 다녀왔다. 시니어들의 활동이 정말 한눈에 들어왔다. 가장 먼저 눈에 띈 주인공들은 비즈니스호텔에서 일하는 시니어들이다. 일본에는 비즈니스호텔이 유독 많다. 특급 호텔과 같은 다양한 서비스는 아닐지라도, 고객들에게 가장 기본적인 서비스만 제공하되, 1일 숙박료는 우리나라 돈 10만 원 내외에 해당하는 호텔들이다. 이곳에서 일하는 종사자들의 다수가 시니어들이다. 로비 데스크엔 젊은 여성들도 있지만, 5, 60대 남성들도 다수를 차지한다. 특히 조식서비스 인력은 시니어 여성, 이를테면 할머니군단이 접수하고 있다. 유니폼 입고, 앞치마 두르고, 모자 쓰고, 웃으면서 음식 준비하고, 뷔페 테이블 정리하는데 무엇보다도 인상적인 것은, 목소리가 아주 맑고 상냥해서 뒷모습만 보면 이십대인 줄로 착각할 정도다. "땡큐!" 하고 인사하면, 그들은 더 큰소리로 활짝 웃으면서 "땡큐!"라고 화답한다. 로비데스크나 식당 외에도 룸 청소나 차량 픽업서비스도 시니어들이 담당하고 있다. 일본인들이 본래 친절서비스로는 세계적으로 유명하긴 하지만 비즈니스호텔 시니어들의 친절서비스와 미소는 더욱더 특별하게 와닿는다.

백화점도 시니어들의 활동무대다. 일본에서 백화점체인으로 유명한 도쿄 세이부 쇼핑센터 이케부크르점이 있다. 이곳 식품 매장에서도 시니어들의 활약이 눈에 들어온다. 머리가 백발인 70세 전후의 남성은 앞치마를 두르고 고객이 과일과 야채를 구입할 때 이런 저런 설명을 하면서 도움을 준다. 또 비슷한 또래의 여성 시니어들은 육류가공식품과 야채 코너에서 상품관리를 한다. 무엇보다도 그들은 하나같이 웃으면서 일하는 모습이 아주 멋져 보인다.

고급쇼핑센터인 미츠코시 백화점에서도 시니어들이 일하는 모습을 목격할 수 있다. 이 백화점은 역사도 오래됐고 아주 유명하다. 니혼바시에 자리한 백화점 본관의 안내데스크에는 젊은 여성이 있는 게 아니라, 놀랍게도 60대의 남성이 고객을 맞이한다. 밝고 젊잖은 미소와 중후하게 느껴지는 이미지 그 자체가 이 백화점의 고급스러운 품격을 대신 말해준다. 이곳 역시 식료품점 직원들은 물론이고 건강식품 매장과 고가의 생활용품 판매 매장의 판매원들 또한, 시니어 여성인력이 지배적이다. 주차장의 안내요원들도 모두 시니어들이다.

일본의 경우, 백화점이니 쇼핑센터가 시니어들의 휴식공간으로 자리잡은 지 오래됐다. 자연히 고객들도 시니어들이 많다. 그래서인지 고객들과의 소통도 한결 정겹고 편안해 보였다. 백화점 내에서 다른 업무를 담당하는 젊은층 직원들과도 서로 편하게 웃으면서 소통하는 모습을 쉽게 볼 수 있다.

호텔이나 백화점 외에, 지하철역사 내 도시락전문점이나 편의점에서도 시니어 점원이 일하는 모습을 쉽게 만날 수 있다. 그들의 얼굴에서 힘들거나 지친 표정은 찾아볼 수 없다. 서비스나 유통업계에서 일하는 시니어들이 참 많은데 서비스 분야는 특히 웃는 얼굴과 적극적인 고객응대가 필수인 만큼 그 현실에 시니어들이 잘 적응하고 있다는 게 관리자들의 얘기다. 일본의 서비스문화는 역시 차별화되어 있다는 느낌을 지울 수가 없다.

시니어들 중에는 기존의 경력을 바탕으로 좀 더 의미있는 일을 찾기를 희망하는 이들도 많다. 이 때문에 국내에서도 금융권 은퇴자들이나 일부 전문 분야의 은퇴인력들은 자신들이 지닌 경험과 노하우를 바탕으로 컨설턴트나 상담사 같은 새로운 일자리를 찾기도 한다. 일본의 경우 단적인 예로, 제약회사 연구소 퇴직자가 경험을 살려 지역 초등학교에서 과학실험을 지도한다. 또 엔지니어들의 경우 일본 내 중소기업은 물론이고, 외국의 기업 컨설턴트로 단기 취업을 하는 경우도 흔히 볼 수 있는 사례다.

우리나라도 고령 사회를 눈 앞에 둔 만큼 이제는 칠십이 넘어도 일해야 하는 시대가 됐다. 다만 시니어들에게 있어서 일이란 젊은 시절과는 그 목적과 의미가 다르다. 돈을 버는 데 큰 목적이 있는 게 아니라, 사회활동에 참여하면서 건강도 지키고, 보람도 느낀다는 것이 중요하다. 때문에 조금 덜 힘들고, 여덟 시간 풀타임보다는 시간조절이 가능한 파트타임 근무 같은, 유연성 있는 일자리가 늘어나야 한다. 일에 치여 사는 게 아니라 적당히 일하면서 여가도 즐기고, 건강을 챙기는 시간으로 활용하면 좋을 것이다.

무엇보다도 노년기에는 일 자체가 즐거워야 한다. 이런 점에서 볼 때 늘 웃으면서 일하고, 또 조직 내에서 젊은층과 잘 소통하는 일본 시니어들의 일하는 모습이 아주 인상적일 수밖에 없다. 하지만 전문 능력을 살려서, 노년기에 관련 분야에서 일을 한다는 게 현실적으로 쉽지만은 않다. 특히 우리나라의 경우, 이제 막 노년기 일자리창출을 위해 다양한 시도를 하고 있는 상황이다. 앞으로는 일본처럼 서비스나 유통업계에서 일자리를 찾는 것도 유리할 듯하다. 실제로 국내에서도, 편의점이나 주유소 택배 같은 분야에서 일하는 시니어들이 늘어나고 있다. 다만 어떤 일이든 노년기에 일자리를 찾아 즐겁게 일하고자 한다면 새로운 마음의 준비가 필요하다.

노년기에 인생을 즐기듯 사는 방법으로 많은 사람들과 소통하면서 또 보람을 찾을 수 있는 일터가 좋다. 다만 건강을 잘 지키면서 금전적인 욕망에 빠지지 않으려는 셀프컨트롤이 중요하다. 즐거운 마음으로 일을 해야 한다. 스스로를 자책하거나 스트레스 받으면서 일하는 건 차라리 하지 않는 것만 못하다.

취업에 임할 때 반드시 필요한 시니어의 자세

첫째, 돈보다는 안전을 추구하자

노년기에는 그 누구도 젊은 시절처럼 고임금을 받을 수 없다. 일 자체를, 시간을 알뜰하게 활용해서 몸도 마음도 건강해지기 위한 매개체라고 생각하면 편하다. 따라서 체력적으로 무리가 따르지 않는 일, 그리고 위험요인이 최소화된 일자리를 찾아야 한다.

둘째, 일을 긍정적으로 받아들이고 즐겁게 일해라

일을 하면서도, 누군가는, '내가 나이들어 왜 그런 일을 해야 되지?' 이렇게 반문하면서 불평 불만을 갖거나, 현실에 대해 비판적인 입장이 된다. 결코 바람직하지 않다. 이런 마음이 자리하면 일 자체가 즐거울 리가 없다.

셋째, 조직 내에서 소통해라

모든 일터는 여러 사람이 함께 일하는 집단, 즉 조직이다, 나이는 잊고, 자신을 낮추고, 상대를 존중해 주는 입장이 돼야만 존경받는 어른이 된다. 특히 젊은층과 같은 공간에서 일할 때는 매사에 배려하고 이해하면서, 그들이 어려운 상황에 있을 때는 따뜻한 말 한마디, 경험에서 얻은 지혜를 줄 수 있는 조력자가 되어야 한다. 특히 밝은 얼굴로 웃으면서 일하는 주인공이 되고자 하는 노력은 필수다.

살아있는 동안에 한 번은 꼭 해야 할 것들

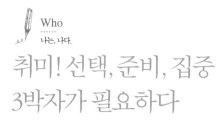

취미! 선택, 준비, 집중
3박자가 필요하다

요즘 현대인들 바쁘게 살긴 하지만 그래도 취미생활 한두 가지는 기본으로 즐긴다. 시니어가 되면 취미생활이 차지하는 비중이 더 커진다. 직장생활이나 사업을 하던 젊은 시절보다는 시간적 여유가 많아져서 스트레스 받지 않고 자신이 좋아하는 것에 몰두하게 된다.

취미와 관련해서 시니어들을 분류해 보면 크게 세 부류다. 아주 완벽하게 취미를 잘 즐기는 사람들이 있는가하면 취미가 여러 가지여서 오히려 그 취미에 시간 맞추느라 시간적 여유가 없거나, 한 가지도 제대로 완전하게 즐기지 못하는 이들도 있다. 그리고 아예 취미생활을 하지 않는 사람들이다. 이 중에서 내가 두 번째나 세 번째 부류에 속한다고 생각된다면 지금이라도 다시 한 번 어떤 취미를 선택하고, 또 어떻게 즐길 것인가에 대해 진지하게 생각해 봐야 한다.

노년기 취미생활은 마라톤처럼 꾸준히 해야만 건강, 즐거움, 보람, 이 세 마리 토끼를 잡을 수 있다. 하지만 하고 싶은 것이 많다 보니 이 것 몇 개월, 저것 몇 개월 식으로 조금씩 건드려보는 이들이 적지 않 다. 자칫하면 백화점 쇼핑하는 것 같은 취미생활이 될 수 있다. 특히 요즘 어떤 게 '트렌드다', '대세다' 이런 분위기에 휩싸이는 것, 또 친 구가 같이 하자고 해서 무작정 따라가는 건, 결국에는 아까운 시간만 낭비하게 되고 남는 것이 없다. 가능한 한 현직에서 은퇴하기 전에, 자신의 경험과 감각에 맞게 취미를 선택하고, 차근차근 기초를 다지 면서 꾸준히 간다는 자세가 중요하다. 취미생활을 즐기는데도 나름대 로 탄탄한 전략이 필요하다. 그 포인트는 선택, 준비, 집중이다.

아직 마땅한 취미를 찾지 못했다면 사진을 취미생활로 즐기다가 '사진작가'라는 타이틀을 얻게 된 박찬원 작가의 사진 입문기와 즐 기기를 엿보는 것도 큰 도움이 될 것 같다. 그는 올해 73세이고 '사진 은 내 취미이자 직업이다'라고 당당하게 말하는 시니어다. '직업'이 라고 하니까, 돈 버는 일이라고 생각할 수도 있다. 그건 아니다. 그만 큼 사진에 몰두하고 있다는 말이다.

박 작가가 사진을 취미로 삼게 된 것은 9년 전으로 거슬러 올라간 다. 직장생활을 오랫동안 하면서 능력을 인정받아 임원직까지 올라 65세에 은퇴를 했다. 임원까지 올라가려면 얼마나 일에 빠져 살아야 했을까? 그 역시 50대 시절엔 특별한 취미가 없었다. 퇴직을 1년 정도 앞둔 시점에서 기업임원들을 대상으로 하는 문화 예술 교육프로그램이 있어서 여기에 참여했다. 한 번에 3시간씩 네 번에 걸쳐 진행하는 교육이었고, 선택할 수 있는 것은 사진, 미술, 음악, 이렇게 세 가지였는데 사진을 택했다. 사실 우리가 새로운 분야에 도전할 때는 아무래도 자신의 적성이나 관심에 조금이라도 가까운 쪽을 선택하게 되는데 그도 마찬가지였다. 재직시절 마케팅 부서에 근무를 많이 했던 관계로 광고 사진을 접할 기회가 많았던 것이다. 그래서인지 초보자였지만 사진을 촬영하는 감각이 좀 남달랐던 것 같다. 프로그램 교육받을 당시 실습사진 촬영할 때 지도해 주던 작가가 최고의 작품으로 인정을 했다. 그때 '야, 이거 할 만하네'라는 자신감이 생겼고, 그 후로 사진을 취미로 삼게 된 케이스다.

취미도 기본을 배워야만 탄탄하게 제대로 즐길 수 있는 법이다. 퇴직 후 계속해서 사진촬영을 즐기면서 평생교육원에서 2년 동안을 공부를 했다. 그러다 보니 더 배우고 싶은 욕심이 생겨서, 아예 예술대학원 석사과정에 입문해서, 순수사진을 전공하기까지 하게 된 것이다. 물론 취미생활을 하기 위해 꼭 학교를 다녀야 하는 것은 아니다. 전문가 지도를 받긴 해야 하지만, 그는 더 깊이 있게 공부를 하고 싶었다. 그러면서 전문작가로 거듭나게 됐다.

본래 목표는 10년 간 사진 공부를 하고, 10년 간 사진작가로 활동한다는 계획이었다. 75세가 되면 개인전으로 작가 데뷔를 하고, 85세에 마지막 사진전과 사진책을 발간할 작정이었다. 하지만 그런 바람이 좀 일찍 이루어졌다. 올해 1월 이미 '사진 대하는 태도가 틀렸어' 라는 에세이집을 냈고, 초대전만도 네 차례나 가졌다. 8년여 동안 촬영활동과 공부를 계속한 덕분에 이런 좋은 결실을 예상보다 빨리 보게 된 것이다.

그는 취미생활에 '집중' 이라는 나름대로의 소신을 갖고 임했다. 순수예술사진을 하지만 테마를 정해놓고 한다. 남들과는 다른 새로운 시도, 즉 도전을 즐긴다. 예를 들면 3년 동안 염전에서 하루살이 나비를 촬영하고, 또 7개월 동안은 돼지만 촬영을 했다. 그래서 동물사진작가라는 타이틀도 생겼다. 그는 말했다.

"동물 촬영을 통해 인생의 의미를 되새겨보게 돼죠. 태양이 내리쬐는 염전에서 냄새가 나는 돼지우리에서 사진촬영을 한다는 게 쉬운 일 아니지만 장기간에 걸쳐 작업을 했습니다. 이런 활동 속에서 죽음과 탄생의 의미를 되새기고 동물들과 대화를 나누면서 새로운 세상이 보였어요."

일주일 중 2~3일은 사진촬영으로 시간을 보내는데, 사진은 오히려 활동적인 작업이어서 건강에도 도움이 되고 있단다. 자신의 작품이 국립현대미술관에 소장되는 것이 목표라고 말하면서 예술성있는 대작을 만들어보겠다는 집념을 불사르는 시니어다. 이쯤되면 정말 취미생활을 제대로 즐기며 사는 멋진 시니어가 아니겠는가?

박찬원 작가의 취미생활 따라잡기 세 가지

첫째, 용기를 갖고 도전하는 게 중요하다

박찬원 작가는 작품활동을 할 때 1인 벤처정신으로 임한다고 말한다. 용기가 있어야 도전정신이 생기고, 그래야만 소기의 목적도 달성할 수 있다는 것이다. 또 무슨 활동을 하든 취미가 오래되면 그게 직업이니까, 모든 것을 스스로 컨트롤해야 한다고 한다.

둘째, 젊은층에게 적극 다가서서 배우자

취미활동을 하다 보면 젊은층과 더 자주 어울리게 된다. 특히 남성들의 경우, 40대나 50대에는 현업에서 자신의 목표달성을 위해 뛰는 시기인 만큼 취미나 예술활동에 많은 시간을 내지 못한다. 사진도 일단 배우기 위해서는 오히려 20, 30대 젊은층을 더 자주 만나게 된다고 한다. 그래서 박찬원 작가는 어디를 가나 연장자인데 절대로 나이가 많다고 대접 받으려 하지 않았고, 오히려 밥 한 끼라도 더 사고 자세를 낮추는 편인데, 단 타인에게 베푸는 것도 상대의 자존심을 건드리지 않는 선에서 신중하게 행동했다고 한다.

셋째, 자신만의 테마를 정하여 즐긴다

무엇을 하든 창의적인 사람이 더 인정받고 또 그만큼 좋은 결과를 만들어낸다. 취미생활도 마찬가지다. 장기간 하다 보면 자신만의 능력을 한껏 발산할 수 있는 아이디어를 찾아서 훨씬 좋은 결과와 보람을 안겨주기 때문이다. 박찬원 작가가 동물사진 작가라는 게 바로 그런 좋은 예다.

버킷리스트 작성은
이렇게 해라

'버킷리스트는 한번만 작성하면 된다. 죽기 전에 꼭 하고 싶은 일이니까'.

만일 당신이 이렇게 생각하고 있다면 'NO'라고 말하지 않을 수가 없다. 살아 있는 동안 간절히 하고 싶은 게 어디 한두 가지겠는가? 또 사는 동안 상황에 따라서 나이에 따라서 우리의 생각은 얼마나 자주 바뀌는지를 이미 경험하지 않았던가? 게다가 이미 오래 전 정해놓았던 버킷리스트가 예상했던 것과는 다르게 의외로 빨리 이루어진 적도 있지 않은가?

지인 중 Y가 말했다.

"사실 10년 전 제가 50세였을 때 저의 열 가지 버킷리스트는 이런 거였어요. 유럽여행 한번 꼭 가보기, 두 딸이 성인이 되었을 때 멋진 드레스를 함께 입고 사진 촬영하기, 유년시절 살았던 고향으로 귀촌하기, 일주일에 한 번씩 누구든지 어떤 방법으로든지 힘든 사람 도와주기, 고아원에 가서 한 달 간 아이들 돌봐주기, 여고시절 단짝 친구 두 명과 함께 제주도 여행가기, 공인중개사 자격증 취득하기, 친정엄마와 1년 동안 살아보기, 남편과 데이트하던 남산에 올라가 타워에서 근사한 식사하기, 결혼 50주년 때 금혼식 올리기. 그런데 벌써 저는 이 중 네 가지를 이루었어요. 나의 잘못으로 한 가지는 영영 이룰 수 없게 됐구요. 그래서 곧 다시 또 여섯 가지를 새로 준비하려구요."

Y는 얼마 전 직장생활 3년차인 딸과 함께 9박11일 스페인과 프랑스 여행을 다녀왔고 친구들과의 제주도 여행은 이미 3년 전에 갔다 왔다. 남편과의 우아한 남산 타워 식사데이트도 5년 전 생일 때 이미 이루었고, 두 딸과 핑크색 드레스를 입고 사진 촬영하는 일은 의외로 쉽게 이루어졌다. 2년 전부터 일주일에 한 번 독거노인들의 도시락 배달 봉사단체에 나가 활동하고 있으니 남 도와주기도 실행중이다. 그녀는 세상이 빠르게 변하고 있고 경제적인 여건이 좋아진 만큼 실행으로 옮기는데 시간이 걸릴 것만 같았던 일들이 비교적 쉽게 이루어졌다고 했다. 게다가 중년시절까지만 해도 외부활동을 못하게 하고 근사한 분위기 잡는 것은 영 질색을 하던 무뚝뚝한 남편이 나이가 들면서 이제는 자상하고 부드러운 남자가 됐다고 한다. Y는

귀촌하기, 고아원 봉사활동, 공인중개사 자격증 취득하기는 아직 실행으로 옮기지 못했고 금혼식은 아직 나이가 되지 않아서 앞으로 꼭 해야 할 일이란다. 다만 가슴을 치고 후회하는 한 가지는 앞으로도 영원히 할 수 없게 된 친정엄마와 1년 동안 살아보기란다. 이미 세상을 떠났기 때문이다.

사물인터넷과 인공지능이 우리의 현실 속으로 들어와 영역을 넓혀나가고 있고 국민 소득은 3만 불 시대를 맞이했다. 마음만 먹으면 가까운 아시아 지역의 다른 나라 여행은 제주도를 가는 것만큼이나 쉽게 할 수 있는 일이다. 첨단 과학과 기술 발전의 주도로 급변하는 우리 환경은 버킷리스트의 트렌드도 바꿔놓고 있다. 더 이색적이고 다양한 것들에 대한 소망을 갖게 하고, Y의 말처럼 기대 이상으로 빠르게 이루어지는 일들도 있다. 그러니 10년 전은 물론이고 불과 2~3년 전에 세워놓은 버킷리스트 수정하거나 새로운 리스트를 찾아야 하는 일이 불가피해진 셈이다.

버킷리스트를 작성하는 데 있어서 정해진 법칙이란 없다. 자기 자신을 위해 스스로 정하는 일종의 '소망 프로젝트'인 만큼 테마도 작성법도 각자의 자유다. '기회가 되면 하면 되는 거지'라는 어떤이의 말처럼 굳이 그런 거 정해놓고 살지 않고 기회를 만들거나 주어졌을 때 적극적으로 임하면 된다. 다만 우리가 버킷리스트를 정하고 그것을 계획한 대로 실행으로 옮기고자 하는 것은 늘 마음속에는 있지만

행하지 못해서 훗날 '나는 그거 얼마든지 할 수 있었는데 왜 그냥 지나왔는지 몰라'라고 후회하는 일은 없어야 하기 때문이다. 다람쥐 쳇바퀴 돌듯하면서 늘 바쁜 일상으로 이어지는 삶속에서 우리가 잊고 사는 것, 놓치고 지나치는 것들이 적지 않다. 버킷리스트 역시 생각 속에만 머물면 그것은 마치 장롱 속에 애지중지 아껴두고 입지 않았던 옷이 너무 시간이 지나 색이 변해 입을 수 없게 되는 것처럼 시나브로 우리 기억속의 저편으로 사라져가는 것과도 같은 일이 될 수 있는 것이다. 흔히 성공하는 사람들이 말하기를 메모하는 습관이 매우 유용했다고 한다. 버킷리스트를 작성하는 것 또한 자신과의 약속을 지키도록 하는 징표이자 그 무엇과도 바꿀수 없는 훌륭한 메모장이 될 것이다.

그렇다면 버킷리스트를 어떻게 작성할까?

첫째, 가능한 한 큰 종이 위에 작성하라

버킷리스트는 일기장에 적어놓거나 작은 메모장에 적어두면 의미가 없다. 크게 작성하여 자신의 침실이나 서재의 책상에 붙여놓는 것이 가장 좋다. 날마다 확인할 수 있고 이로 인해 스스로와의 약속이행에 대한 책임감도 더해진다.

둘째, 우선순위를 정하라

10개의 버킷리스트를 썼다고 치자. 1년 안에 할 수 있는 일이 있는가하면 10년 후에나 가능한 일도 있다. 가장 빨리 실행으로 옮길 수 있는 것부터 하나둘씩 실행으로 옮겨라.

셋째, 실행으로 옮기는 시간을 정확히 정하라

동시에 여러 가지의 버킷리스트를 실행으로 옮기기는 어렵다. 자신의 의지와 실천에 필요한 시간을 충분히 계산한 후 각각의 항목에 실행시기를 적어놓는 것이다. 하나하나 실행으로 옮길 때마다 새롭게 도전할 테마가 더 즐겁게 다가올 것이다,

넷째, 매년마다 리스트를 갱신하라

한 해가 시작되기 전인 연말이나 연초에 버킷리스트를 점검하고 아직 도전하지 못한 것, 시간이 필요한 것, 실행중인 것은 리스트에 남겨두고 실천했다거나 상황이 달라져서 실천하기 어려운 것, 또 생각해 보니 실행으로 옮기지 않아도 다른 것에서 대안을 찾을 수 있는 항목들은 삭제하라.

그리고 다시 떠오르는 항목을 추가시켜라.

다섯째, 남의 눈치 보지 마라

버킷리스트는 내가 나를 위해 만들어놓은 실행 테마들이다. 누구에게 보여주고 확인받기 위해서 작성하는 것이 아니다. 배우자든 자식이든 그 누구의 눈치도 보지 마라. 주인공은 바로 나 자신이라는 것을 명심해라.

Who
......
나는, 나다.

당신을 응원합니다

"40대 시절 작은 함바식당 아줌마를 하면서 더운 여름날 땀범벅이
된 채로 일하는 사람들이 안타까워 얼음 띄운 수박화채 한 대야 만들
어 나누어 주면 고마워하던 그들 모습에서 밥집 아줌마에 대한 자부
심이 생겼었다. 살아 보니 혼자만의 삶을 살아온 게 아니라 알게 모
르게 다른 이들에게 신세진 일들이 많았다. 그걸 갚는다 하기보다는
그 고마움을 대신해 봉사하는 삶을 살고 싶었다. 그래서 난 건강이
허락한다면 조그만 국밥집을 열기로 결심했다. 나도 먹고 남도 먹이
고 없는 사람이 오면 즐겁게 대접하는 그런 밥집."

– J씨의 수필 '내 나이 이순이다'에서

일주일에 한 번씩 강의를 통해 만나는 제자들이 20여 명에 달한다. 그중에서도 긍정의 아이콘이라는 닉네임을 달아주어도 좋을 만큼 그야말로 긍정의 바다에 풍덩 빠져 사는 듯한 제자가 있다. 60대 초반의 여성 J씨다. 10여 년 전에 큰 종양수술을 한 그녀는 당시 암은 아니었어도 심리적으로 부담이 되는 수술이었다지만 잘 완치됐단다. 운명의 장난이란 이런 걸까? 출가한 아들과 딸이 각각 자리를 잘 잡아서 이제 맘 편하게 못한 공부도 하고 취미생활도 즐기려고 하는데 지난해에 우연히 건강검진에서 대장암 초기라는 사실을 알게 된 것이다. 결국 항암치료도 했고 결과가 좋아지긴 했지만 식이요법을 비롯한 건강관리를 잘 해야 하는 입장이다.

지난해 대장암이라는 얘기를 들었을 때 그녀는 먼저 이런 생각을 했다고 한다.

"10년 전 종양수술도 잘 완치시켰는데, 이번에도 나는 완치시킬 수 있어."

그러면서 본인이 평소에 좋아하는 공부와 인문학, 그리고 글쓰기를 꾸준히 해왔다. 병원에 가면 같은 병을 가진 분들을 만나는데 다들 부러워한다고 한다. 늘 적극적으로 사람들과 소통하고 웃는 얼굴이니까 "정말 대장암 치료중인 거 맞아요?"라고 물어본단다. 나 역시 늘 웃는 얼굴을 하는 그녀의 긍정마인드가 궁금해서 같은 질문을 하자 J씨는 말했다.

"매사에 긍정적이다 보니 스트레스 또한 없다고 합니다. 늘 할 수 있다, 잘 될 거라는 생각을 갖고, 식이요법을 잘 지키면서, 내가 하고 싶은 공부하고, 좋아하는 취미생활을 하고, 그리고 자녀들 손자손녀들과 친구처럼 재미있게 살아요."

그녀가 정해놓은 버킷리스트 중 하나가 아주 인상적이다. 주머니가 가벼운 노인들을 위한 식당을 개업하는 것이란다. 요리 솜씨가 아주 좋다. 그래서 기회가 닿는 대로 허름한 점포 하나 얻어서 질은 좋고 가격은 아주 저렴한 3~4천 원짜리 국밥집을 운영하고 싶단다. 한 달에 한 번은 노인들을 대상으로 100명 또는 200명에게 무료로 국밥 제공하는 행사도 하겠다고 했다. 돈을 벌기 위해서가 아니라 나누고 싶은 마음을 실천하고 싶어서 국밥집을 운영하겠다는 버킷리스트가 정말 멋지다.

60대 후반의 나이지만 '늦은 것은 없다'는 희망의 메시지를 주는 또 한 사람의 제자가 있다. 긍정과 도전을 즐기면서 버킷리스트를 실행으로 옮기고 있는 L씨다. 어린이집 교사를 하다가 2년 전 은퇴한 그녀는 두 아들이 다 장성해서 결혼을 했고 귀여운 다섯 살짜리 손녀를 둔 시니어다. 그녀가 작년부터 새로운 취미이자 도전을 시작했다. 바로 글쓰기였다. 나의 수업을 듣기 시작한 L씨의 글쓰기 열정은 다른 젊은 수강생들이 부러워할 만큼 뜨겁다. 습작에 게으름을 피우지 않는 노력이 남달라서인지 작문실력은 하루가 다르게 일취

월장하는 면모를 보이고 있다. 첨삭지도를 하면서 놀란 적이 한두 번이 아니다.

글쓰기에 입문한 지 1년 반이 지난 요즘 L씨는 새로운 버킷리스트를 정했다. 방송통신대학교 국문학과에 입학해서 공부를 한 후 글쓰기 선생님이나 출판 관련 업무로 재능기부를 하겠다는 것이란다. 나는 그녀의 꿈은 반드시 이루어질 거라고 확신한다. 단지 글쓰기 지도를 하는 선생님으로서의 바람 때문만은 아니다. 그간 습작활동을 해온 그녀에게서 남다른 열정과 긍정을 보았고 이미 많은 도전을 통해 자신이 목표한 바를 이루는 강한 의지력이 있다는 것을 알게 됐기 때문이다.

L씨는 실향민으로써 유년시절 꿈이 선생님이 되는 것이었다. 가정형편상 상급학교에 진학하지 못했다. 결혼을 하고 아이들을 키우면서도, 공부에 대한 미련을 떨쳐버리지 못한 그녀가 택한 방법은 검정고시였다. 공부를 다시 시작할 당시는 40대 중반으로 이때 재래시장에서 속옷가게를 운영하고 있었다. 장사를 하면서 독학으로 49세의 나이에 고등학교 입학 자격 검정고시에 합격했고 다시 2년 후 다시 고등학교 과정에 도전해서 대입자격을 얻었다. 하지만 그녀의 도전은 거기서 멈추지 않았다. 56세엔 보육교사 공부를 시작해서 1년 후인 57세에 국가에서 인정하는 보육교사 3급 자격증을 받아 어린이집에서 교사로 일하게 된 것이다.

나눔 국밥집 창업을 준비하는 J씨와 대학교 국문학과 진학을 통해
재능기부를 하겠다는 L씨. 이들의 꿈이야말로 반드시 이루어질 것이
다. 긍정과 열정으로 무장한 그녀들이 60대에 찾은 꿈이자 버킷리스
트 중 하나이기 때문이다.

꿈과 도전을 위해 가져야 할 마음가짐

첫째, 늦은 것은 없다

늦었다고 생각될 때가 가장 빠른 거라고 했다. '후회'라는 말을 하지 않으려면 나이, 시기 따위는 생각하지 말고 도전을 준비해라.

둘째, 열정은 마음과 몸이 같이 움직여야 한다

무엇을 하든 열정은 반드시 필요하다. 단 마음의 열정만 앞서면 급하게 서두르기만 한다. 몸도 같이 따라가야 한다. 몸도 부지런하게 움직여주는 것, 바로 노력을 기울여야 한다는 것이다.

셋째, 지나친 욕심은 금물이다

도전은 좋다. 다만 시니어 시기에는 체력이나 경제력은 반드시 고려한 후 도전 대상을 정해야 한다. 이걸 무시하면 자칫 아니한만 못한 결과로, 후회를 할 수도 있다.